JAMES CRUMLEY

Tir aux pigeons

TRADUIT DE L'AMÉRICAIN
PAR JANINE HÉRISSON

nrf

GALLIMARD

Titre original :
THE PIGEON SHOOT

COLLECTION SÉRIE NOIRE
Créée par Marcel Duhamel

Parutions du mois

2613. LE ROSAIRE DE LA DOULEUR
(MICHEL EMBARECK)

2614. GO BY GO
(JON A. JACKSON)

2615. TIR AUX PIGEONS
(JAMES CRUMLEY)

2616. LES ROUBIGNOLES DU DESTIN
(JEAN-BERNARD POUY)

Pour Don Emilio Fernandez
1904-1986

MEXICAN HOLLYWOOD BLUES

Durant l'été 1983, voyageant du côté de Houston à bord d'une Cadillac que nous avions louée en payant en liquide et avec des cartes de crédit presque épuisées, un de mes amis, avocat au Texas, me demanda si j'aimerais écrire un scénario pour un groupe d'investisseurs mexicains. Le film aurait pour vedette Don Emilio Fernandez, un grand comédien et metteur en scène mexicain, dont j'admirais énormément le travail.

Bien entendu, j'acceptai aussitôt. Ainsi s'offrait à moi l'occasion d'écrire le scénario d'un film que j'aimerais voir, et aussi de rompre avec mes précédentes expériences hollywoodiennes, c'est-à-dire contrats jamais honorés, qui ne m'avaient jamais rien rapporté et où j'avais perdu à jamais les droits cinématographiques de plusieurs de mes livres. J'écrivis donc le *Tir aux pigeons*, mon premier scénario original, subodorant simplement que derrière l'image du « vilain » que Don Emilio donnait à l'écran se profilait un intellectuel, et un homme qui pouvait discuter de politique, de peinture et de cinéma en trois langues.

J'avais vu juste. Le scénario terminé, j'eus l'occasion de passer un certain temps avec Don Emilio. Il était bien tel que je l'avais imaginé, et bien plus encore : un homme d'une grande dignité, un véritable gentleman comme seuls peuvent l'être les Mexicains, et un acteur chéri par la caméra. Don Emilio avait près de quatre-vingts ans à cette époque, et bien qu'il n'eût jamais reculé devant un verre de cognac et fût assez frêle d'aspect, sur les instantanés pris au hasard durant ce week-end-là, son beau visage d'homme âgé saute aux yeux. Il paraissait plus jeune, plus grand, un véritable géant, et sa merveilleuse intelligence souriante rayonnait telles les braises d'un feu de broussailles.

Comme cela arrive bien souvent, l'argent disparut et le film ne fut jamais tourné... Mais le scénario existe toujours, et je tiens à remercier les éditeurs grâce à qui il a vu le jour. Je dédie respectueusement ce scénario à Don Emilio Fernandez. Sa mort est une grande perte pour nous tous, mais son œuvre et sa vie demeurent une source d'inspiration.

JAMES CRUMLEY
Missoula, Montana
24 juin 1987

Extérieur. Route dans le désert. Vue d'hélicoptère.

D'en haut, on voit un chaos de collines rocheuses couvertes de buissons épineux, un tronçon de route étroite serpentant parmi elles. Trois véhicules sont visibles : une vieille camionnette bourrée de bois de chauffe, suivie à une grande distance par une Ferrari argent et noir ; un semi-remorque transportant du bétail approche venant en sens inverse, négociant péniblement un virage sans visibilité. On entend le bruit des vitesses rétrogradées et un rire en provenance de la Ferrari.

Insert. Ferrari. Lumière du jour.

Le conducteur, Steve Kennedy, un Américain d'environ trente-cinq ans, en complet de popeline bleu clair, avec une cravate rouge, un sourire crispé sur les lèvres. Son passager, Miguelito Gaspar de Alba, entre vingt-cinq et trente ans, portant une chemise Lacoste et un blouson, se signe et ferme les yeux.

Extérieur. La route. Vue d'hélicoptère. Lumière du jour.

La Ferrari double à grande vitesse la camionnette au sommet d'une côte et percute presque l'avant du semi-remorque. Les deux camions, freins bloqués, dérapent sur le bas-côté. L'amortisseur arrière droit de la camionnette se rompt (*insert*), puis l'essieu arrière, et elle bascule contre le talus, renversant sa cargaison. Le semi-remorque se met en travers et glisse dans la pente escarpée. Le bétail s'agite, enfonçant les barrières latérales et les bêtes foncent à l'aveuglette dans un nuage de poussière tandis que la Ferrari disparaît au loin.

Extérieur. Ferrari. Lumière du jour.

MIGUELITO : Où avez-vous appris à conduire, gringo ? Au Mexique ?

STEVE : En décollant du pont d'envol de l'U.S.S. Enterprise, fiston. Il paraît que c'est comme ça qu'on conduit ici au sud de la frontière.

MIGUELITO : Vous allez arriver à pic, vieux. C'était sans doute le bétail de mon oncle.

STEVE : Je fais simplement ce qu'a recommandé l'agent d'assurances : « Si tu vois un accident, fous le camp. Si tu as un accident, fous le camp encore plus vite. »

MIGUELITO : Don Victoriano de la Cruz a le bras long, mon ami, plus long que vous n'êtes rapide.

STEVE : Alors je lui achèterai son troupeau. Comme ça, on sera en affaires ensemble, pas vrai ? Arrange-moi ça, Mike, d'accord ? C'est pour ça que je te paye.

MIGUELITO : D'accord, mon vieux. Mais ralentissez, hein ?

STEVE : Pas question, *chico*.

On entend de nouveau rétrograder les vitesses, on voit les hommes se pencher, épousant le mouvement de la Ferrari, on entend les pétarades du pot d'échappement et les chocs sourds quand l'arrière surbaissé du bolide cogne contre le sol inégal, et mêlées à tous ces bruits, les détonations d'un fusil de chasse.

Extérieur. Un pigeon. Gros plan. Lumière du jour.

Se détachant sur le ciel parfaitement bleu du désert, un pigeon apparaît dans le cadre et explose en une boule de plumes ensanglantées. Fondu enchaîné sur un autre. Puis un troisième. Et un quatrième. Et un cinquième.

Extérieur. Le tir aux pigeons. Lumière du jour.

Au premier plan, une jeune Mexicaine, en tenue d'équitation à l'andalouse, vise et abat d'une main experte les pigeons lancés en l'air par un *mozo*. Les oiseaux en tombant forment un cercle et on voit ses lèvres qui les comptent au fur et à mesure. En arrière-plan, la foule : *mozos* avec les cages pleines de pigeons ; spectateurs ; hommes attendant avec leurs fusils ; un bar portable sous un auvent ; un orchestre mariachi flânant au hasard ; des enfants que ce massacre fait rire, etc.

Le dernier pigeon plonge et Evangelina le rate.

EVANGELINA : *Diecinueve.* Putain de merde de chiotte !

Extérieur. Une table. Lumière du jour.

La table, couverte de bière, de vin et de bouteilles de tequila, est disposée sous un arbre. Autour de la table sont assis : Don Eduardo (Lalo) de la Cruz, père d'Evangelina, vêtu comme n'importe quel rancher du Texas ; Don Victoriano de la Cruz, son grand-père, et son garde du corps et compagnon, Joe Swinson, tous deux vêtus de complets de lin blanc et coiffés de panamas.

SWINSON *(en espagnol)* : C'est bien votre sang qui coule dans ses veines, pour tirer comme ça, mon vieil ami.

DON V. *(en espagnol)* : Mais, Dieu soit loué, elle n'a pas mes yeux fatigués, mon ami.

À l'arrière-plan, on voit une grande femme blonde, Maggie Irons, et un jeune homme d'une élégance raffinée, Heriberto de la Cruz, le frère aîné d'Evangelina, appuyé contre un arbre. Maggie se dirige vers Don V. et arrive au moment même où Evangelina se précipite sur son grand-père. Comme il tend les mains pour la féliciter, son bras repousse Maggie. Les deux femmes s'ignorent.

DON V. *(en espagnol)* : Tu tires comme je tirais autrefois, *nieta.*

EVANGELINA *(en espagnol)* : Mais j'ai loupé le dernier, un coup facile pour un tireur comme vous, grand-père.

Extérieur. Point de vue. Evangelina.

À mi-distance, on distingue la Ferrari, dans un nuage de poussière, qui se dirige vers le stand de tir.

EVANGELINA *(hors champ)* : *Quien es ?*

DON V. *(hors champ)* : Miguelito con su gringo malo. Los gringos.

Panoramique. La caméra suit la Ferrari qui contourne le stand de tir et se gare à l'ombre derrière l'arbre.

Extérieur. Ferrari.

Steve et Miguelito en descendent et dépoussièrent leurs vêtements à grandes claques.

MIGUELITO : J'ai peut-être commis une terrible erreur de jugement, señor Kennedy, en vous amenant ici sans invitation.

STEVE : Je ne te paye pas pour ton jugement, *chico*, simplement pour que tu me présentes. *(Il rit.)* Et c'est pire que ça, *chico*.

MIGUELITO : Pire ?

STEVE : L'avocat de Don Victoriano à Mexico City m'a dit que ma proposition avait été sèchement rejetée et que refaire une tentative en personne pourrait être considéré comme une insulte.

MIGUELITO : Pire en effet, mon ami.

STEVE : Le peso plonge et rétrécit de jour

en jour, et votre dette étrangère gonfle comme une braguette dans un bordel. Tu as le choix entre une monnaie solide et la révolution, *chico*, et moi j'ai des dollars solides...

MIGUELITO : Au fait, vieux.

STEVE : ... alors présente-moi et disparais.

Extérieur. La table. Point de vue. Steve.

À l'exception des femmes, il ne voit que des dos. Evangelina sourit et salue d'un signe de tête. Maggie crache par terre.

Extérieur. La table.

Comme Steve et Miguelito se dirigent vers la table, Maggie retourne vers l'arbre, Evangelina avance vers les deux hommes. Steve suit Maggie des yeux et rate presque la formule d'accueil d'Evangelina.

STEVE : Excusez-moi, madame, je n'ai pas saisi votre nom.

EVANGELINA : Evangelina de la Cruz.

STEVE : Steven J. Kennedy de Saint Louis, Missouri, et Aspen, Colorado. Enchanté de faire votre connaissance.

EVANGELINA : Et moi la vôtre.

STEVE : Vous parlez parfaitement notre langue, jeune personne.

EVANGELINA : C'est bien normal, monsieur Kennedy, j'ai passé trois ans à l'université aux États-Unis.

STEVE : Félicitations.

Mais il est en train de regarder Maggie. Pendant qu'il a la tête tournée, tous les hommes quittent la table.

MIGUELITO : Je crois que j'entends ma mère qui m'appelle.

STEVE : Quoi ? Oh, d'accord, *chico*. Vas-y, mais reste dans les parages, hein ?

Extérieur. Arbre.

Steve avance d'un pas, la main tendue vers Maggie.

STEVE : Quelle surprise... trouver ici un ou plutôt une compatriote.. Je m'appelle Steve J...

MAGGIE : *No habla english.*

Elle s'éloigne d'un pas raide et Heriberto prend la main de Steve.

Extérieur. Evangelina. Gros plan.

Elle secoue la tête, un sourire ironique aux lèvres.

Extérieur. Arbre.

HERIBERTO : Heriberto de la Cruz. Ravi de vous connaître.

STEVE : Parfait... Tout le monde parle anglais, on dirait, sauf la blonde, hein ?

Extérieur. Point de vue. Steve.

Il regarde Maggie s'éloigner et se mêler à la foule à la suite des deux complets blancs. On voit aussi Miguelito traverser la foule.

STEVE *(hors champ)* : Qui est-ce ?

Extérieur. Arbre.

HERIBERTO : Je vous demande pardon ?... Oh, la femme... Ah, elle...

EVANGELINA *(hors champ)* : Elle est employée par mon grand-père.

Evangelina apparaît dans le champ.

STEVE : Comment s'appelle-t-elle ?

EVANGELINA : Oh, je ne sais plus...

HERIBERTO : Si tu veux bien m'excuser, je vais...

EVANGELINA : Mais bien sûr.

Heriberto sort du champ.

EVANGELINA : Je vois que vous avez fait la connaissance de mon frère.

STEVE : Votre frère ?

EVANGELINA : Heriberto.

STEVE : Ah oui.

EVANGELINA : Il est peintre.

STEVE : Je m'en doutais.

Extérieur. Le stand de tir aux pigeons.

Deux hommes, l'un tenant un fusil de chasse, l'autre une liasse de billets, regardent un pigeon voleter vers le bord de l'enceinte, vaciller puis basculer pardessus la ligne. L'homme au fusil tape violemment du pied ; l'autre rit et fourre les billets dans sa poche.

Extérieur. L'arbre.

STEVE : Les gens font des paris, hein ?

EVANGELINA : L'argent change de main, oui. De grosses sommes parfois.

STEVE : Vous êtes de la famille de Don Victoriano ?

EVANGELINA : Sa petite-fille favorite.

STEVE : Favorite ?

EVANGELINA : Nous avons tous notre croix à porter. Il m'a envoyée à Paris, puis il m'a fait revenir ici parce que...

STEVE : Alors vous pourriez vous arranger pour qu'on me laisse tirer quelques-uns de ces pigeons miteux, je suppose ?

EVANGELINA : Mais bien sûr...

STEVE : J'ai justement un fusil dans ma Ferrari.

EVANGELINA : Vous êtes venu équipé...

STEVE : Mais pas invité...

EVANGELINA : Considérez-vous comme invité, monsieur Steven J. Kennedy...

Extérieur. Enceinte du tir aux pigeons. Montage.

Dans cette série de plans, on pourrait voir : un tireur obéissant à Evangelina et proposant à Steve son *mozo* et une cage pleine d'oiseaux ; Steve et le tireur tendant des billets à Evangelina ; Steve avec un étui à fusil en plastique et une cartouchière en cuir. On entend de la musique, des détonations assourdies et des cris s'élevant parfois de la foule quand elle compte les oiseaux tués. Steve vide une cage, puis une autre, puis une troisième — soixante oiseaux d'affilée — et des liasses de billets plus épaisses changent de main. Dans la foule, on voit Miguelito parmi un groupe de jeunes gens, fourrant des billets dans toutes ses poches. À la table, les hommes et Maggie sont de retour. Steve sort une .22 long rifle de son étui, jette sa liasse de pesos par terre et lève cinq doigts. Son pari est couvert. Il tue quatre pigeons, loupe le cinquième. Il hausse les épaules. On voit Miguelito vidant ses poches au profit du groupe de jeunes gens qui rient.

Extérieur. La table.

Evangelina et Steve bavardent, tandis que les hommes, debout, échangent des présentations et des congratulations, la musique diminue d'intensité et on perçoit les premières bribes de dialogue au moment où Swinson, heurtant Steve de l'épaule, l'écarte de la table.

SWINSON : ... et laissez-moi vous aider à remettre votre matériel dans votre petite bagnole.

STEVE : Merci, mon gars. Posez ça sur le siège avant. Je rangerai plus tard.

SWINSON : Maintenant, Buster Brown.

Swinson rit, enlace à deux bras Steve et l'entraîne vers la Ferrari.

Extérieur. Ferrari.

STEVE : Qu'est-ce qui se passe, mon pote ?

Swinson essuie le matériel et le range avec soin dans l'étui.

SWINSON : Vous êtes un sacré numéro, monsieur Kennedy. Et un sacré tireur en plus. Mais c'est bien normal, pas vrai ?

STEVE : Et ça veut dire quoi, bon Dieu ?

SWINSON : Voyons un peu si j'ai bien tout compris... Vous avez été champion de ball-trap de l'État du Missouri à l'âge de seize ans... Ou bien était-ce dix-sept ? Et ensuite vous avez participé au tournoi national tous les ans depuis...

STEVE : O.K. C'est pas un secret.

SWINSON : Et ce que vous faites ici n'est pas un secret non plus.

STEVE : Alors, où voulez-vous en venir ?

SWINSON : Un petit conseil, simplement, pour un compatriote. En affaires, ça ne se passe pas vraiment ici comme aux États-Unis...

STEVE : C'est partout pareil dans le monde, mon pote ; le pognon, c'est le pouvoir. Tout le reste, c'est du bla-bla. Et quand j'achèterai les vignobles de Don Victoriano, il y aura pas de prime d'intermédiaire ou de commissions pour des compatriotes un peu clodos sur les bords...

SWINSON : Vous êtes fortiche, pas vrai ? Très joli, votre coup avec la .22 Magnum, vous descendez tous les oiseaux, mais vous êtes assez malin pour louper le dernier. Vraiment fortiche, *El Trampas.*

STEVE : C'est quoi, ça, mon pote ?

SWINSON : *El Trampas.* Eh bien, quelquefois, ça veut dire un gars qui connaît la musique. Et quelquefois, ça veut dire simplement un gars qui est tout bonnement un escroc. Vous êtes quoi, Buster Brown ?

STEVE : Je suis un gars qui a gagné son premier million avant d'avoir vingt-cinq ans, alors que j'étais encore dans la marine, sans un sou venant du fric de mon père. Et vous, qui êtes-vous ?

SWINSON : Simplement un gars qui repète les mauvaises nouvelles — votre argent ne vaut pas un clou. Le vieux ne vendra pas. Il ne veut pas devenir le Carlo Rossi du Mexique du Nord...

STEVE : J'ai de solides appuis auprès du gouvernement mexicain pour cette affaire...

SWINSON : Don Victoriano ne fait pas partie

du gouvernement — par ici, le gouvernement, c'est lui. Alors, faites gaffe où vous mettez les pieds, fiston.

STEVE : Ce vieil homme, il est du XIXe siècle ; moi, je suis du XXe. Alors c'est lui qui devrait faire gaffe avec moi.

Swinson se met à rire, flanque dans le dos de Steve une claque si violente que le jeune homme trébuche contre le flanc de la Ferrari.

SWINSON : Vous l'aurez dans le cul, petit.

Extérieur. La table.

Alors que Steve suit Swinson pour regagner la table, il bute contre le pied de Swinson, le contourne et se glisse sur une chaise à côté de Maggie. À l'exception d'Evangelina, tout le monde ignore Steve.

Dans la scène suivante, la caméra évolue autour de la table d'un visage à l'autre ; à l'arrière-plan, le tir aux pigeons continue. Miguelito et deux autres jeunes gens, l'Étudiant n° 1 et l'Étudiant n° 2, sont visibles également, appuyés contre un 4×4 Ford, plongés dans une conversation apparemment sérieuse.

EVANGELINA : Grand-Père, il tire vraiment bien, M. Kennedy, n'est-ce pas ?

Don V. la gratifie d'un regard inexpressif.

EVANGELINA *(sourit) (en espagnol)* : Grand-Père, M. Kennedy tire vraiment bien, n'est-ce pas ?

Don V. lève son verre de vin en l'honneur de Steve et incline la tête.

DON V. *(en espagnol)* : Si seulement il avait d'aussi bonnes manières qu'il est bon tireur.

Steve lève son verre de vin, incline la tête, sourit.

EVANGELINA : Vous ne parlez pas espagnol, monsieur Kennedy ?

STEVE : Désolé. Pas un mot. C'est pourquoi j'ai engagé Mike.

MAGGIE : Mike ?

EVANGELINA : Miguelito. Il travaille pour vous, monsieur Kennedy ?

STEVE : Nous engageons parfois des étudiants du programme d'Urbanisme de l'université de Washington. C'est ainsi que j'ai découvert Don Victoriano et goûté pour la première fois ses vins délicieux.

Steve lève son verre de nouveau.

STEVE : J'avais besoin d'un interprète, il avait besoin de quelqu'un qui le ramène dans son pays. Ça a très bien marché.

EVANGELINA : Vous êtes en vacances au Mexique ?

STEVE : Je ne prends jamais de vacances. Je vais à la chasse parfois, mais c'est différent.

MAGGIE *(en espagnol)* : Il va à la chasse à l'argent comme un chien enragé fuit l'eau.

Swinson, Lalo et Heriberto rient avec Maggie.

EVANGELINA : Soyez polie, Margaret, parlez anglais.

STEVE *(à Maggie)* : Donc vous parlez anglais.

MAGGIE *(d'un ton appuyé)* : Un tout petit peu, monsieur Kennedy.

Maggie et Evangelina échangent des regards meurtriers. Don V. a un petit grognement de dégoût, l'air d'un homme excédé par les femmes et leurs chamailleries.

SWINSON *(citation)* : See thyself, devil ! / Proper deformity seems not in the fiend / So horrid as in women[1].

STEVE : C'est quoi, ça ?

SWINSON : Rien.

DON V. *(en espagnol)* : ... Weren't my fitness / To let these hands obey my blood, / They are apt enough to dislocate and tear /

1. Regarde-toi, diablesse ! / La difformité chez le démon / Est moins hideuse que chez la femme. *(Toutes les notes sont du traducteur.)*
Shakespeare, *Le roi Lear*, acte IV, scène II.

Thy flesh and bones. Howe'er thou art a fiend, / a woman's shape doth shield thee[1] !

Don V. et Swinson rient ensemble.

EVANGELINA : C'est une chanson rock and roll, non ? *Y en a marre de Shakespeare* ?

Tout le monde rit sauf Steve.

STEVE : Cette bonne blague m'échappe, je crains bien.

MAGGIE *(en espagnol)* : C'est vous la bonne blague, imbécile !

EVANGELINA *(en espagnol)* : Grand-Père, il est notre invité et vous devez obtenir de votre personnel qu'il se montre hospitalier.

DON V. *(en espagnol)* : Il accepte une hospitalité qui ne lui a pas été offerte. Considère que c'est par égard pour toi, ma petite-fille, que je ne le fais pas déshabiller et traîner à travers les cactus derrière sa petite auto.

Après un silence durant lequel tout le monde, sauf Steve, est soudain très occupé à boire.

STEVE : Evangelina, pourriez-vous me rendre un petit service et transmettre pour moi

1. S'il me plaisait / de laisser ces mains obéir à mon sang, / Elles seraient prêtes à disloquer, à déchirer / Ta chair et tes os ; tout démon que tu es, / Ton corps de femme te protège.
Shakespeare, *Le roi Lear*, acte IV, scène II.

à votre grand-père mes remerciements et mes compliments pour cet excellent cru ? Peut-être pourrai-je lui rendre son...

Don V. se lève brusquement.

DON V. *(en espagnol)* : José ! À cette puanteur atroce qu'on me soustraie avant que ma colère ne déborde.

Swinson se lève, il rit.

SWINSON : *Si, patron.*

EVANGELINA : Je suis désolée, monsieur Kennedy, mais mon grand-père est fatigué par son grand âge, le vin, les détonations et le soleil, et il lui faut retourner à l'hacienda faire une sieste...

MAGGIE *(elle se lève)* : Evangelina...

DON V. *(en espagnol, à Maggie)* : Reste avec cette enfant qui fut autrefois ma petite-fille.

MAGGIE : *Si, Don Victoriano.*

Don V. et Swinson s'éloignent et se dirigent ensemble vers une Mercedes aux vitres teintées. Evangelina boit une lampée, casse son verre par terre et les suit à pas rapides, irrités. Lalo flanque un coup de pouce à Heriberto dans les côtes et lui indique Evangelina d'un signe de tête. Heriberto lui emboîte le pas à contrecœur tandis que Lalo semble soudain trés intéressé par le tir aux pigeons.

Extérieur. Mercedes. Point de vue. Steve. Lumière du jour.

Evangelina et Don V. sont plongés dans une violente discussion à côté de la limousine. Heriberto se tient à proximité, les mains dans les poches, fixant le sol.

STEVE *(hors champ)* : Steven J. Kennedy, le rabat-joie !

MAGGIE *(hors champ)* : Connard, je crois, serait un terme plus approprié.

Extérieur. La table.

STEVE : Mon papa disait toujours que la meilleure façon de ne pas marcher dans la merde, c'était d'affronter le taureau de face.

MAGGIE : Votre père était un connard, lui aussi.

STEVE : J'adore votre accent, Miss Irons. De toute évidence, vous vous êtes livrés à une sérieuse enquête sur moi, vous autres, alors ne soyez pas étonnée si je sais qui vous êtes.

MAGGIE : L'aptitude des Américains à se conduire ici comme des pignoufs a cessé de m'étonner depuis des années...

STEVE : Ne me faites pas le coup du mépris, ma petite dame. Vous vous prenez pour le marchand d'art numéro un de San Francisco, mais la vérité, c'est que vous gagnez votre fric avec le commerce en grand de croûtes peintes à la chaîne que vous fourguez aux Holyday Inns du Middle West.

MAGGIE : Seigneur, vous êtes pire encore que ce qu'on pouvait imaginer...

STEVE : Je suis très doué dans ma partie, ma petite dame.

MAGGIE : À savoir ?

STEVE : Gagner de l'argent... Ce vieil homme est quasi lessivé — il perd un dollar sur chaque bouteille de vin qu'il vend, dix dollars sur chaque tête de bétail, et Dieu sait combien sur chaque cheval. Je peux rendre ce vieil homme riche et célèbre...

MAGGIE : Il est déjà beaucoup mieux que ça.

STEVE : C'est-à-dire ?

MAGGIE : Quelque chose que vous ne pourriez jamais comprendre.

STEVE : Oh, un homme d'honneur, c'est ça ? La dignité. Un homme raffiné et cultivé, d'accord ? Mais dans six mois, un an au plus, il aura l'air d'un clodo, et que deviennent le raffinement et la dignité dans tout ça ?

MAGGIE : Et ce sont des gens comme vous qui ont...

STEVE : Si vous voulez aider le vieil homme, obtenez-moi une entrevue avec lui...

MAGGIE : Hors de question...

Extérieur. Mercedes. Point de vue. Steve.

Don V. monte à l'arrière de la limousine, fatigué, vaincu, tandis qu'Evangelina revient à grands pas vers la caméra, tout sourire.

STEVE *(hors champ)* : N'y comptez pas trop, ma petite dame.

Extérieur. La table.

EVANGELINA : ... en même temps que ses excuses, mon grand-père aimerait vous offrir l'hospitalité de son hacienda aussi longtemps que vous le désirerez.

STEVE : Eh bien, je vous remercie... Aimeriez-vous venir, Miss Irons, et me montrer le chemin ?

EVANGELINA : Miz Irons peut prendre l'autre limousine ; je ne serai que trop heureuse de vous montrer...

MAGGIE : Je suis désolée, monsieur Kennedy, mais Evangelina vient avec moi. Peut-être Miguelito peut-il...

Extérieur. Mercedes. Plan d'ensemble.

Tandis que la limousine, roulant lentement, arrive au sommet d'une côte à quelque distance.

STEVE *(hors champ)* : Le boulot de Mike est terminé. Je vais tout simplement suivre Don Victoriano... À plus tard, mesdames...

EVANGELINA *(hors champ)* : Mais...
MAGGIE *(hors champ)* : Pas de mais.

Extérieur. Ferrari. Point de vue. Maggie.

Steve saute par-dessus la portière et démarre en trombe.

Extérieur. La table. Plan à deux.

EVANGELINA : Je ne suis pas une enfant à qui on dit avec qui elle peut monter en voiture.

MAGGIE : Ce type est le pire spécimen d'Américain.

EVANGELINA : Et vous, le meilleur — la putain d'un vieil homme.

MAGGIE : Mieux vaut être la putain très aimée d'un vieil homme que la victime d'un jeune, ma petite...

Extérieur. Ferrari. Plan lointain.

Steve pousse la voiture au maximum sur la route, soulevant un nuage de poussière derrière lui.

Extérieur. Le tir aux pigeons. Panoramique.

Sur le décor presque idyllique tandis que le tir continue et que la musique s'élève. On voit Miguelito et les Étudiants n° 1 et n° 2 qui montent dans la camionnette et démarrent dans la direction opposée.

Extérieur. La route. Plan moyen. Lumière du jour.

La limousine quitte la route, pour tourner à gauche sur une route pavée.

Intérieur limousine. Deux plans.

SWINSON *(citation)* : How now, you secret, black and midnight hags ! / What is't you do [1] ?

DON V. : Tu sais, Joe, je me suis toujours demandé pourquoi on ne baisait pas dans Shakespeare — on ment simplement, on triche, on tue et les femmes vous rendent fous...

SWINSON *(en espagnol)* : La pine d'un vieux devrait être souvent enfouie pour garder la chaleur du corps.

DON V. : *Es verdad, amigo, es verdad.*

Ils rient.

Extérieur. La route. Plan moyen. Lumière du jour.

La Ferrari s'arrête là où la route rejoint la chaussée pavée. Steve s'accroupit comme un chasseur pour étudier les ornières, prend une poignée de sable, le laisse glisser entre ses doigs, sourit. Il saute de nouveau dans la Ferrari, tourne à gauche sur la route, brûlant de la gomme derrière lui.

Extérieur. La route. Plan éloigné. Lumière du jour.

Comme la Ferrari arrive en haut d'une petite côte, elle ralentit et s'arrête. Panoramique de la caméra et on voit la route qui continue tout droit, vide, à travers un vaste espace plat. Steve monte debout sur sa voiture.

1. Eh bien, secrètes et noires sorcières de minuit ! / Que faites vous ?
Shakespeare, *Macbeth*, acte IV, scène I.

Extérieur. Le plateau. Point de vue. Steve.

Rien ne bouge dans le cadre en dehors des vagues de chaleur qui vibrent férocement sur le plateau couvert de buissons épineux.

La caméra fait alors le point sur une construction précaire à côté de la route à mi-chemin environ de la crête du fond.

Extérieur. La cantine. Lumière du jour.

La caméra suit la Ferrari que Steve gare à l'ombre à côté d'une vieille Chevrolet cabossée et rouillée, mais équipée d'un double pot d'échappement et de pneus flambant neufs. Ensuite la caméra suit Steve vers la cantine, et on ne voit qu'une totale obscurité.

Intérieur. Cantine.

Steve est accoté à un bar branlant, une bière devant lui. Le barman n° 1 se tient aussi loin que possible de Steve. Le vaquero n° 1 et le vaquero n° 2 sont assis à une petite table au fond de la cantine et à travers une fenêtre sans vitre au-dessus d'eux, on voit leurs poneys sellés attachés à un arbre. À une autre table, contre le mur latéral, quatre hommes — bandits n° 1, n° 2, n° 3, n° 4 — habillés comme des *pelados* (des pauvres) mais arborant des coupes de cheveux sophistiquées sont assis devant leurs bières et ignorent ostensiblement le gringo.

Steve, sur le point de dire quelque chose, se ravise visiblement.

STEVE *(au barman)* : Alors, vous *hab-lar* pas *ang-lais, a-migo*, hein ?

Le barman n° 1 sourit bêtement, secoue la tête, puis opine du bonnet, puis hausse les épaules. Steve sort une liasse de pesos de la poche de sa veste.

STEVE : Et le nom Don Victoriano de la Cruz ne vous dit rien, c'est bien ça ? Eh bien, je vais me lancer dans une séance de travaux pratiques sur l'art du langage. *(Il jette les billets sur le bar.)* Voyons si tu sais compter jusque-là en anglais, Pancho.

BARMAN n° 1 : *Lo siento, senor, no entendo.*

STEVE *(chuchote, sans accent)* : *No entendo*, mon cul.

Steve se tourne vers les autres clients, les billets à la main.

STEVE : Pas un mot d'anglais, hein ?

Personne ne le regarde.

STEVE : Je vous emmerde, bande de métèques, ça vous dit rien ?

Le bandit n° 1 sourit bêtement et opine du bonnet.

STEVE : Tu peux rigoler, pauvre connard !

Steve finit sa bière, repose brutalement la bouteille vide sur le bar, en demande une autre et ramasse toute sa monnaie. Il se détourne pour sortir.

STEVE *(chuchote, dans un espagnol parfait)* : Même la bière est chaude comme de la pisse de chien.

Extérieur. La cantine. Lumière du jour.

Au premier plan, Steve sirote sa bière lentement, à l'arrière-plan, on voit des ombres se déplacer.

Extérieur. Point de vue. Steve.

À travers les vagues de chaleur qui montent de l'asphalte, on voit un Bronco blanc franchir une crête au loin. Comme il plonge dans la pente, apparaît une limousine noire qui le suit.

Extérieur. La cantine.

Au premier plan, Steve souriant ; à l'arrière-plan, la cantine, miraculeusement, est vide ; trois têtes sont visibles dans la Chevrolet, une quatrième à côté de la Ferrari ; par la fenêtre au fond de la cantine, on voit les croupes de deux poneys, montés, qui galopent et le dos du barman n° 1 qui cavale dans les buissons.

Extérieur. La route. Point de vue. Steve. Lumière du jour.

Dans le Bronco qui peine, on voit deux hommes très basanés, les gardes du corps n° 1 et n° 2, un

M-16 à viseur télescopique et un fusil anti-émeute fixés à la fenêtre latérale du siège arrière. À travers le pare-brise de la limousine qui suit de près, on aperçoit fugitivement le conducteur n° 1. Les fenêtres latérales ont des vitres teintées, mais comme la limousine passe devant la caméra, la vitre arrière descend à moitié juste le temps de laisser voir le visage d'Evangelina, puis remonte. On entend le grondement d'un moteur de voiture de course qui démarre.

Extérieur. La cantine. Lumière du jour.

Alors que Steve se détourne pour courir vers la Ferrari, la Chevrolet sort en marche arrière de sa place de parking, et comme l'avant du véhicule dérape sur le terrain, Steve est obligé d'effectuer un roulé-boulé pour éviter d'être renversé. Aussitôt sur pied, il secoue le poing en direction de la Chevrolet qui file sur la route.

STEVE : Ces putains de métèques conduisent comme des cons !

BANDIT n° 1 *(hors champ)* : Pour sûr !

Extérieur. Ferrari. Point de vue. Steve.

Le bandit n° 1 est appuyé à l'arrière de la Ferrari, un revolver nickelé pendant au bout de son bras.

BANDIT n° 1 : *Manos arriba*, je crois qu'on dit. Les mains en l'air. C'est vraiment pas ton jour, gringo.

Extérieur. Ferrari. Angle de vue

Les mains de Steve hésitent à hauteur de sa taille, mais le bandit n° 1 agite le canon du revolver dans sa direction, et ses mains se lèvent lentement jusqu'à ses épaules.

STEVE : Merde, mon gars, j'ai de l'argent sur moi...

BANDIT n° 1 : L'aide au tiers monde, hein ?

Steve s'avance lentement vers le bandit, jetant un coup d'œil par-dessus son épaule.

Extérieur. La route. Plan éloigné.

Le Bronco et la limousine arrivent en haut d'une côte au loin et disparaissent, suivis à une certaine distance par la Chevrolet.

Extérieur. Ferrari. Angle de vue.

Steve avance toujours lentement, indiquant ses poches.

STEVE : Sans blague, mon vieux, j'ai plein d'argent sur moi et si tu le veux, te gêne pas, mais bon Dieu, je t'en prie, ne prends pas la bagnole. D'accord ?

BANDIT n° 1 : Oh, mec, ta caisse. Je vais faire un malheur là-dedans, mec, L.A. Est, surbaissée...

Le bandit n° 1 se détourne vivement et tire dans

le pare-brise de la Ferrari. Son revolver semble avoir un détente assez dure.

STEVE : Oh, bon Dieu, je t'en prie, merde ! Écoute, je t'emmène à la banque la plus proche, mon pote, je te file en liquide la somme que tu veux, mais Seigneur, c'est une Ferrari classique douze cylindres, une œuvre d'art, elle n'a pas de prix...

BANDIT n° 1 : Si tu t'imagines qu'il s'agit d'une négociation de commerce extérieur, espèce de trou du cul, viens par ici et tourne-toi... mais fais gaffe, mec...

STEVE : Tout ce que tu veux, mon pote.

Steve vient se planter devant le bandit puis lui tourne le dos ; L'homme le palpe de haut en bas, le revolver contre ses reins.

BANDIT n° 1 : Doucement, hein, sinon on va savoir si les gringos bouffent les pissenlits ou les poireaux par la racine...

Hors champ, on entend le bruit d'une lointaine explosion.

Extérieur. La route. Plan éloigné. Lumière du jour.

Alors que le Bronco traverse un caniveau, son essieu arrière explose. Le garde du corps n° 1 est projeté à travers le pare-brise et s'effondre, ensanglanté tandis que le Bronco freine à mort. Le conducteur n° 1 de la limousine vire sur place en dérapage contrôlé, mais sa retraite est coupée par la Chevrolet qui se met en travers et s'immobilise.

Intérieur. Limousine.

Maggie pousse Evangelina sur le sol et sort un Walther PPK/S de son sac.

Extérieur. La route. Angle de vue.

La limousine plonge dans le fossé mais se bloque sur des rochers. Les bandits n° 2, n° 3, n° 4, sortent en trombe de la Chevrolet et ouvrent le feu sur le conducteur n° l, qui s'est mis à l'abri sous la limousine de guingois, et Maggie tire d'une main par la vitre arrière tout en maintenant Evangelina au sol de l'autre. Les bandits n° 5 à n° 10 se sont égaillés parmi les buissons du côté gauche de la route et tiennent le garde du corps n° 1 plaqué au sol derrière le Bronco.

Extérieur. La Ferrari. Angle de vue.

Le bandit n° 1 enfonce plus brutalement son revolver dans le dos de Steve.

> BANDIT n° 1 : Doucement, mec, j'ai encore jamais fait ça et je tiens pas à ce que tu te fasses descendre accidentellement par un putain de métèque...

Steve pivote sur lui-même, d'un mouvement qui semble non pas naturel mais étudié, de la main gauche fait sauter le revolver du poing du bandit avant de lui expédier une droite courte et appuyée à la gorge que le bandit se prend aussitôt à deux mains.

STEVE : Moi non plus, connard, mais moi je m'en vante pas.

Steve s'apprête à cogner de nouveau, mais le bandit n° 1 se cramponne à sa gorge, son visage se congestionne, et il vacille de côté, se heurtant à la cloison de la cantine. La cloison cède, et le bandit passe au travers, suivi par Steve qui regarde son poing comme s'il appartenait à quelqu'un d'autre.

Intérieur. La cantine.

Le bandit n° 1 démolit l'intérieur de la cantine, titubant, cherchant son souffle, suivi par Steve, les yeux ronds. Les chaises et les tables sont renversées, le bar s'écroule.

Extérieur. La cantine.

Le mur latéral explose quand le bandit n° 1 passe au travers, titube jusqu'à un bosquet de figuiers de Barbarie où il s'effondre, râlant, suffoquant, et expire.

STEVE : Nom de Dieu !

Steve de nouveau considère son poing, l'air hébété, puis repousse du pied celui du bandit, qui est agité d'un dernier spasme, et il saute en arrière comme s'il avait marché sur un nid de serpents à sonnettes. Dans le silence, on entend le bruit d'une fusillade.

Extérieur et intérieur. La caméra cherche un angle sur Steve.

Il revient lentement dans la cantine par le trou de la cloison et titube parmi les débris des tables et des chaises avant de ressortir par l'autre trou pour aller s'adosser à la Ferrari. Il semble entendre le bruit de la fusillade au loin, mais l'écoute comme un homme qui entend pour la première fois un étrange chant d'oiseau.

Extérieur. Ferrari.

STEVE : Bienvenue au Mexique...

Extérieur. La route. Plan éloigné. Lumière du jour.

Rien n'a changé sur le champ de bataille, pas de blessés, pas de mouvements. On se trouve manifestement en présence d'amateurs. Le bandit n° 2 vide tout le chargeur de son petit automatique, à l'aveuglette, la tête en dessous du capot de la Chevrolet, sa volée de balles soulevant des petits nuages de poussière parmi ses compatriotes du côté gauche de la route.

Extérieur. Ferrari.

Steve, assis au volant, sifflote en cherchant ses clefs dans sa poche. Quand il les trouve, il doit s'y prendre à deux mains, tellement elles tremblent, pour mettre le contact. Il lance le moteur, allume la radio, cherche une station qui donne une version mexicaine de rock and roll, pianote sur le volant, effleure le trou étoilé de la balle dans le pare-brise, puis passe la marche arrière et commence à reculer. Il semble se rendre compte que quelque chose cloche, mais réagit en emballant le moteur. Les deux pneus avant à plat.

STEVE : Les fumiers, ils ont niqué ma bagnole...

Il descend d'un bond, empoigne une valise, en verse le contenu par terre et fouille dans ses affaires jusqu'à ce qu'il trouve une paire de chaussures de course. Il les met à la place de ses mocassins, puis se saisit de l'étui à fusil et de la cartouchière. Il se met ensuite à courir le long de la route. Au bout de vingt mètres, il s'arrête et se tourne vers la Ferrari.

STEVE : Tuez mes enfants, bande de fumiers, mais touchez pas à ma Ferrari. *(Un temps.)* Mais je n'ai pas d'enfants...

Extérieur. La route. Travelling.

Enchaînement de fondus tandis que Steve en complet remonte la route en courant.

Extérieur. La route.

Steve arrive en haut de la côte, puis s'avance dans les broussailles sur le côté droit.

Extérieur. Lieu de l'embuscade. Plan éloigné. Point de vue. Steve.

Pas de grand changement : les bandits occupent des positions différentes, mais ne se sont pas rapprochés de la limousine ; l'intensité de la fusillade a considérablement diminué des deux côtés, les deux camps commençant à être à court de munitions. Le garde du corps n° 1 a écopé d'une blessure superficielle à l'avant-bras gauche, mais il lève son fusil anti-émeute avec lequel il tire de temps à autre une salve inutile. Le M-16 est toujours clairement visible à l'arrière du Bronco. Le bandit n° 5 brandit sa vieille mitraillette au-dessus de sa tête et tire une courte rafale qui soulève un nuage de poussière de l'autre côté de la route.

Extérieur. La route. Plan d'ensemble.

Steve avance à travers les broussailles le long du côté droit de la route, puis se hissa à plat ventre en haut d'un monticule pour arriver à un bosquet de buissons épineux. On entend sa respiration rauque, puis un petit sifflement inaudible et un juron quand il prend position à environ trente mètres au-dessus et derrière la Chevrolet.

Extérieur. Steve. Plan moyen.

Steve ouvre l'étui à fusil et glisse trois cartouches dans le fusil de chasse, puis remplit le chargeur de la carabine .22 Magnum, avant de reprendre le fusil de chasse.

> STEVE *(doucement)* : C'est pas drôle, petit, tu es idiot, du petit plomb à trente mètres et un canif — pense à ta voiture, joue pas les héros, pense à l'argent que tu vas gagner, imbécile, merde...

Il insinue lentement le canon du fusil de chasse à travers les branches du buisson, et tire trois coups rapides.

Extérieur. Chevrolet. Gros plan.

Des petits nuages de poussière et de minuscules éclaboussures de sang apparaissent sur le dos des chemises des bandits n° 2, n° 3 et n° 4.

Extérieur. Steve. Gros plan.

Il enfouit son visage dans le sol, s'immobilise dans le brusque silence, puis relève la tête.

Extérieur. Point de vue. Steve.

Les trois bandits se roulent par terre, comme en proie aux affres de l'agonie, puis comme ils se rendent compte qu'ils ne sont pas en train de mourir, ils grimpent précipitamment dans la Chevrolet qui démarre en trombe, le bandit n° 2 essayant de conduire accroupi sur le plancher.

UNE VOIX : Qu'est-ce qui s'est passé, bon Dieu ?

Mais la réponse est inaudible, à l'exception du mot *cobardes*.

Extérieur. Steve.

Il prend la carabine .22 long rifle.

Extérieur. Point de vue. Steve.

Enchaînement de fondus tandis que le regard de Steve se fixe sur des détails : une cheville nue et une chaussure à semelle compensée dépassent d'un rocher, le claquement de la carabine .22, un point rouge apparaît sur la cheville et le pied disparaît ; s'ensuit une volée d'injures marmonnées en espagnol, alors que le bandit n° 6 se relève d'un bond et est aussitôt abattu d'une balle dans le ventre par le pistolet automatique .45 du conducteur n° 1.

UNE VOIX : *Raimundo, que paso...*

Une touffe de cheveux noirs est visible entre deux troncs d'épineux, la .22 crache de nouveau, la touffe de cheveux se soulève sous le coup d'une brise légère, une main se lève pour toucher la mèche, puis la main et la tête basculent, et on entend un gémissement.

UNE VOIX : *Raimundo...*

Un visage basané apparaît au coin du rocher, la .22 crache, et le sang jaillit à la place du nez.

UNE VOIX : *Vamos muchachos ! Ahora !*

Les bandits survivants battent précipitamment en retraite vers un petit ravin tapissé de broussailles.

Extérieur. Steve. Gros plan.

Il se relève et se met à tirer au petit bonheur.

Extérieur. Désert. Plan éloigné. Point de vue. Steve.

Steve et sa .22 font détaler les bandits, poursuivis par de petits nuages de poussière à leurs talons ou par des balles sifflant à leurs oreilles, mais le bandit n° 7 agrippe le tendon de son jarret droit et se met à boitiller en hurlant de douleur. Le bandit n° 5 se retourne et lâche une giclée au hasard pour couvrir la retraite du bandit n° 7.

Extérieur. Steve. Plan moyen.

On voit les balles tirées par la mitraillette soulever la poussière et arracher des éclats de rocher sur le monticule en direction de Steve, mais il continue à tirer. On voit la poche droite de sa veste se soulever et se gonfler, mais il ne s'en aperçoit pas et continue à sourire et à tirer. Lorsque le chargeur de la .22 est vide, il brandit la carabine au-dessus de sa tête en poussant un cri de Peau-Rouge et il esquisse de rapides pas de danse en signe de victoire.

Extérieur. Limousine. Plan moyen. Lumière du jour.

Le conducteur n° 1 enroule un mouchoir très sale autour de la blessure à l'avant-bras du garde du corps n° 1 tandis qu'ils argumentent à mi-voix en espagnol pour savoir qui a vraiment tiré une balle dans le ventre du bandit n° 6. Maggie est appuyée contre le coffre de la limousine, regardant vers le haut des collines, tandis qu'Evangelina, à proximité, le visage enfoui dans les mains, sanglote.

Extérieur. Steve. Point de vue. Maggie.

Steve descend en trébuchant du monticule, chargé de son matériel en vrac, le fusil de chasse et la carabine entre les mains, l'étui et la cartouchière sous les bras. Un caillou roule sous ses pieds et il s'affale.

MAGGIE *(hors champ)* : Je me demande où est le reste de la cavalerie. Curly et Moe...

Steve se relève et redégringole aussitôt.

Extérieur. Limousine. Plan moyen.

Maggie et Evangelina sont dans la même position, Steve devant elles, le garde du corps n° 1 et le conducteur n° 1 visibles derrière la limousine avancent lentement et prudemment dans le désert pour compter les corps.

STEVE : Ça va, mesdames ?

MAGGIE : Moi ça va. Evangelina a des vapeurs...

Evangelina lève la tête, puis charge, les bras grands ouverts en hurlant des remerciements en direction de Steve, qu'elle projette à terre. Avant même que Steve ait eu le temps de se relever, Maggie empoigne brutalement Evangelina par le bras et la gifle à toute volée, deux fois.

MAGGIE : Vous allez vous calmer, oui ?

EVANGELINA *(une pause)* : Je vous remercie, espèce de garce. Voilà qui clarifie pas mal de choses.

Evangelina s'éloigne lentement.

STEVE *(toujours par terre)* : Bon sang, ma petite dame. Rappelez-moi de ne pas sombrer dans l'hystérie quand je suis dans vos parages.

MAGGIE : Et si vous vous contentiez de ne jamais être dans mes parages, point final ?

STEVE *(se relève)* : Mais avec grand plaisir, Miz Irons. Ravi de vous rendre service.

MAGGIE : Vous pourriez la boucler, s'il vous plaît ?

Extérieur. Route. Plan moyen. Lumière du jour.

Les deux bandits morts et le garde du corps sont allongés dans le fossé, le garde du corps n° 1 et le conducteur n° 1 se pavanent devant les cadavres comme des chasseurs satisfaits, se passant et repassant une bouteille de tequila, toujours en train d'argumenter pour savoir qui a tué le bandit. Evangelina est sur le siège avant de la limousine, tripotant le bouton de la radio. Maggie et Steve sont assis à l'ombre relative de la limousine, Maggie tenant un grand verre de boisson fraîche, et lui une bière.

STEVE : Ah, le bar portatif et la limousine — le summum de la civilisation.

MAGGIE : Vous ne savez même pas ce qu'est un comportement civilisé.

STEVE : Je tire assez bien, quand même, pour quelqu'un qui fait partie de la populace.

MAGGIE : Et alors ?

STEVE : Vous savez, vous êtes la première damoiselle en détresse que j'ai eu le plaisir de secourir, et pour autant que je puisse en juger, c'est un plaisir extrêmement surfait.

MAGGIE : La prochaine fois, ne vous donnez pas ce mal, d'accord ?

STEVE : Nom de Dieu, je ne sais pas ce que j'ai bien pu faire pour vous foutre en rogne à ce point !

MAGGIE : Votre comportement en général...

STEVE : Je peux vous poser une question ?

MAGGIE : Quoi ?

STEVE : Combien de fois faut-il être kidnappé pour prendre ça avec cynisme ?

MAGGIE : Une fois seulement, mon pote, une seule fois.

Extérieur. La route. Plan moyen. Lumière du jour.

Même scène que précédemment, la lumière sous un angle légèrement différent.

STEVE : Il n'y a jamais de circulation sur cette route ?

MAGGIE : Pas beaucoup. Elle ne conduit qu'à l'hacienda de Don Victoriano.

STEVE : Ça doit être commode.

MAGGIE : Très.

STEVE : J'aurais pensé que Don Victoriano allait remarquer l'absence prolongée de sa petite-fille favorite et de sa maîtresse.

MAGGIE : Lorsqu'il se réveillera de sa sieste, il le remarquera.

STEVE : Ah, la sieste. Quelle merveilleuse institution. Elle a complètement détruit la base de l'industrie du Mexique et sérieusement freiné l'économie...

MAGGIE : Parfait...

On entend le bruit d'un hélicoptère qui approche.

Extérieur. Lieu de l'embuscade. Plan éloigné. Lumière du jour.

L'hélicoptère atterrit, Don V. et Swinson en descendent. Evangelina court dans les bras de son grand-père ; Maggie s'approche, suivie de Steve. Don V. aide Evangelina et Maggie à monter dans l'hélicoptère ; l'appareil décolle rapidement et disparaît.

Extérieur. La cantine. Début du crépuscule

Steve et Swinson sont assis à l'une des rares tables intactes qui ont été portées au-dehors, une bière devant eux. L'avant de la Ferrari, dépouillée de ses roues, est posé sur une estrade de fortune faite de morceaux de bois et des débris de la cantine. Le bandit n° 1 est allongé à côté.

SWINSON : Je dois admettre que je vous ai mal jugé, petit. Vous en avez dans le ventre... avec une veine de cocu, en plus.

STEVE : De la veine ?

SWINSON : De la veine d'avoir eu affaire à des clowns, et de la veine que ces connards aient attaqué les bagnoles de si près...

STEVE : Vous savez, je n'en reviens pas de tous les compliments merveilleux que j'ai reçus...

SWINSON : ... et de la veine d'être encore en vie.

STEVE : Oh, foutez-moi la paix, vous voulez bien ? Et quand est-ce qu'ils reviennent, les gars, avec mes pneus ?

SWINSON : Vous énervez pas, petit. Ils seront revenus à temps pour le dîner.

STEVE : C'est-à-dire ?

SWINSON : Vers dix heures.

STEVE : Vous pouvez pas savoir ce que je m'amuse ici au Mexique... je me fais canarder, je meurs de faim lentement...

SWINSON : C'est la vie, petit.

Extérieur. Patio. La nuit.

Une longue table surchargée de nourriture et de boissons. Don V. préside, Steve à sa droite à côté de Maggie, et Evangelina à sa gauche. À l'autre bout de la table, des hommes en uniforme de policier ou de soldat ingurgitent joyeusement le repas. Miguelito est assis parmi eux. Des domestiques s'affairent ; on entrevoit un orchestre mariachi, au fond, dans la pénombre.

DON V. : Monsieur Kennedy, j'aimerais boire à votre santé dans un instant, mais tout d'abord, je vous prie de m'excuser pour mon manque d'hospitalité cet après-midi, et aussi pour ne pas vous avoir ramené dans l'hélicoptère, j'ignorais les détails à ce moment-là. Acceptez mes excuses les plus sincères, je vous prie... *(Poignée de mains.)* Et pour la vie de ma petite-fille, mon éternelle gratitude — *mi casa es su casa, pero* ne me parlez pas affaires et restez aussi longtemps que vous voudrez. Je vous montrerai le cœur du Mexique — *pero* pas de discussions d'affaires, *si* ?

STEVE : À un moment pareil, non bien sûr...

DON V. : À aucun moment, monsieur. *(Il lève son verre.)* À Steven J. Kennedy de Saint Louis, Missouri, et Aspen, Colorado : *Salud !*

EVANGELINA : *Salud !*

STEVE *(à Maggie)* : Mon premier compliment. Vous joindrez-vous à moi ?

Maggie verse son verre par terre.

MAGGIE *(en espagnol)* : Puis-je être dispensée de cette fête, *patron* ? Elle me donne mal à la tête, me révulse l'estomac, et je n'y prends aucun plaisir.

EVANGELINA : Prenez donc un Alka-Seltzer, Miz Irons.

DON V. *(en français)* : Essayez de surmonter votre mauvaise humeur, madame, et nous prendrons notre plaisir au lit.

MAGGIE *(en français)* : Peut-être, chéri, mais je te soupçonne ce soir de vouloir prendre ton plaisir avec la bouteille, les batailles et les femmes de ta jeunesse dissolue.

Ils ne se touchent pas lorsque Maggie passe devant Don V. mais leurs sourires sont plus éloquents qu'un contact.

STEVE *(à Evangelina)* : Ah, l'anglais, ça va et ça vient, et je manque toutes les bonnes plaisanteries.

EVANGELINA : S'il se passait quelque chose de drôle, monsieur Kennedy, je me ferais un plaisir de traduire.

Ils lèvent leurs verres.

Extérieur. Patio. La nuit.

Les assiettes et les plats ont été enlevés, remplacés par une série de bouteilles. Steve se prépare, maladroitement, une tequila avec sel et citron vert. À l'arrière-plan, Miguelito, Swinson et uniforme n° 1 discutent. Don V. a devant lui un sabre de cavalerie, qu'il frappe du plat de la main.

DON V. : Aujourd'hui, monsieur Kennedy, vous avez tué votre premier homme, puis votre deuxième. C'est une triste expérience, aussi devons-nous boire. Plus jamais ils ne boiront ou ne coucheront avec des femmes. C'est d'une grande tristesse, aussi devons-nous boire encore plus. Et ils sont morts alors que nous sommes vivants, alors buvez, mon ami gringo, buvez...

Extérieur. Patio. La nuit.

Swinson et Steve sont assis à la table. À l'arrière-plan, Don V. est allé rejoindre l'orchestre mariachi qui joue un chant révolutionnaire, et il bat la mesure avec son sabre dégainé.

STEVE : Qu'est-ce qu'ils pensent ?

SWINSON : Ils pensent que ça pourrait être des Américains. Des Chicanos de L.A. Est, peut-être. Ça ne tient pas debout...

STEVE : Merde.

SWINSON : Quoi ?

STEVE : Je viens de me rappeler — celui que j'ai... ah, le type à la cantine, il a parlé de conduire ma Ferrari dans L.A. Est...

SWINSON *(il se lève)* : C'est pour ça que j'ai quitté la police...

STEVE : L.A. Est ?

SWINSON : Non, les témoins qui disent : « Oh, inspecteur, je viens de me rappeler... »

STEVE : Et vous avez eu une meilleure proposition.

SWINSON : Meilleure que vous ne pouvez imaginez, fiston. *(Il sort.)*

Extérieur. Patio. La nuit.

Don V. fait un discours à Steve, en agitant son sabre.

DON V. : ... et le premier avec son propre sabre, *el mismo*, celui-là même...

Don V. plonge le sabre dans un figuier de barbarie à proximité, puis tranche quelques feuilles.

DON V. : ... et mon dernier bien des années plus tard avec ce *pistola*....

Don V. sort son revolver et tire une salve de six coups dans la branche d'un arbre silhouetté par la lune. Steve est visiblement stupéfait, mais personne d'autre ne se soucie des coups de feu jusqu'à ce que la branche tombe sur l'orchestre mariachi qui se disperse.

SWINSON *(hors champ — citation)* : I am not yet of Percy's mind, the Hotspur of the North, he that kills me some six or seven dozen Scots at a breakfast, washes his hands, and says to his wife, « Fie upon this quiet life ! I want work. »[1].

Extérieur. Patio. La nuit.

L'uniforme n° 2 qui a fixé Steve d'un regard malveillant durant presque toute la soirée, se lève à l'autre bout de la table, sa main plongant vers son revolver. Steve se lève, titubant, à l'arrière-plan.

UNIFORME n° 2 : *Yo soy Azteca*, saloperie de gringo...

Mais avant qu'il ait pu se passer quelque chose, le conducteur n° 1 et le garde du corps n° 2 émergent de la pénombre derrière lui, suivis de près par l'uniforme n° 2. Injures marmonnées dans l'obscurité, interrompues par le choc sourd d'un coup de poing.

SWINSON *(à Steve)* : Asseyez-vous. C'est réglé. Vous êtes un invité...

Mais Steve reste debout, les mains dans les poches de sa veste, essayant de prendre un air nonchalant. Comme il découvre que sa veste a été percée par une balle, il se détourne et vomit...

1. Je ne suis pas encore de l'humeur de Percy, le Hotspur du Nord qui tue six ou sept douzaines d'Écossais au petit-déjeuner, se lave les mains et dit à sa femme : « J'en ai assez de cette oisiveté, il me faut de l'action. »
Shakespeare, *Henry IV*, acte II, scène IV.

Extérieur. Patio. La nuit.

La fête est terminée. Steve et le garde du corps n° 1 boivent des bières, assis à la table. Quelques invités dorment, affaissés sur leur chaise, ou écroulés sur la table ; des serviteurs circulent comme des fantômes pour nettoyer et continuer à servir des bières aux deux survivants ; le mariachi n° 1 assis contre le mur frappe parfois un accord sur sa guitare et d'une voix avinée chante les premiers vers de chansons d'amours malheureuses.

STEVE : ... et alors, ce salopard sort de la trappe, ce grizzly — *oso grande...*

GARDE DU CORPS n° 1 : *Oso grande ?*

STEVE : Merde, c'est quoi, le mot... *oso gris, entendo ?...*

Le garde du corps n° 1 paraît sortir de sa stupeur avinée en entendant l'espagnol parfait de Steve, qui s'assène de petites claques sur le visage.

STEVE : Tu sais, un grand salopard d'*oso...*

GARDE DU CORPS n° 1 : Salopard d'*oso...*

STEVE : De toute façon, mon pote, j'ai failli chier dans mon froc. Jamais eu une trouille pareille à la chasse ; j'ai loupé ce salopard à trente pas, et il est parti d'un côté et moi de l'autre... pourquoi je te raconte cette histoire ?

GARDE DU CORPS n° 1 : *Es verdad, señor, Mas Tecate.*

STEVE : Rien est *verdad*, mon ami...

Extérieur. En bordure du patio. La nuit.

Steve se tient juste en bordure du patio dans l'herbe, une bière dans la main gauche, tripotant de l'autre le trou dans sa veste. À l'arrière-plan, la table est débarrassée, le patio vide. Steve boit une gorgée de bière, a un haut-le-cœur, tombe à genoux. Derrière lui, on voit Maggie en robe blanche traversant le patio. Elle s'approche de Steve, pose une main sur son épaule.

MAGGIE : Ça va ? Les domestiques m'ont dit que vous étiez en larmes.

STEVE : En larmes ? Vous rigolez, ma petite dame. Je n'ai pas été aussi saoul depuis... Je me rappelle pas quand j'ai été saoul à ce point. Après mon premier atterrissage sur le porte-avions peut-être...

MAGGIE : Ce n'est pas tous les jours qu'on tue deux hommes et qu'on en voit deux autres mourir, alors vous méritiez peut-être une bonne cuite...

STEVE : Ce putain de pays pousserait un saint à boire.

MAGGIE : Sûrement.

STEVE : Dites donc, ma petite dame, qu'est-ce qui vous rend si aimable tout d'un coup ? Je mérite peut-être une femme en plus d'une cuite, hein ?

MAGGIE : Don Victoriano en avait envoyé une dans votre chambre où elle vous a attendu toute la soirée.

STEVE : L'hôte parfait, c'est bien ça ?

MAGGIE : C'est ça.

STEVE : Vous pensez, alors, que ça le gênerait, si vous et moi...

MAGGIE : Moi ça me gênerait...

STEVE : Je suis confondu par votre gratitude, ma petite dame.

MAGGIE : Écoutez, Ducon, j'aime ce vieil homme. Quoi que vous pensiez dans votre petite cervelle étriquée d'homme d'affaires alcoolique, ce n'est pas ce que vous croyez, c'est de l'amour...

STEVE : L'amour de l'argent...

Maggie le gifle plus brutalement encore qu'elle n'a giflé Evangelina. Tandis qu'elle s'éloigne, il essaie de rire, mais sa main trouve le trou dans la poche de sa veste, et le rire se mue en sanglots, les sanglots en haut-le-cœur qui le font s'affaisser à genoux.

Extérieur. En bordure du patio. Lumière du jour.

Steve gît là où il est tombé la nuit précédente, mais il a été couvert par une légère couverture en coton, un oreiller glissé sous sa tête et un auvent recouvert de chaume le protège du soleil en cette fin de matinée. Un jeune femme avec un beau visage serein d'Indienne, Cecilia, est assise à côté de lui, une main appuyée par terre, l'autre éventant le visage de Steve pour chasser les mouches. Il semble qu'elle soit là depuis toujours. Deux bouteilles de bière sont au frais dans de la glace ; un bol de *menudo* et une assiette de tortillas protégée d'une serviette fument dans l'air matinal.

Comme la caméra effectue un travelling arrière, on voit Don V., en tenue de safari avec un chapeau de planteur, debout, un cigare à la bouche. Du bout du pied, il pousse à plusieurs reprises un des pieds de Steve.

DON V. : Allez, gringo, réveillez-vous. Vous dormez du sommeil des morts, ah « For in that sleep of death what dreams may come[1] »... Ah, au diable tout ça, *viejo*, tu es trop vieux pour Hamlet depuis plus d'années que je tiens à m'en rappeler, et il n'a jamais été mon style, de toute façon. Lear parfois, mais plus souvent, Caliban... « Why, as I told thee, 'tis a custom with him / I'th'afternoon to sleep. There you mayst brain him[2]... » Allez, gringo, réveillez-vous...

STEVE : Ça suffit, d'accord ? Chaque fois que vous touchez mon pied, ma tête me fait mal.

Steve se remet lentement sur son séant.

DON V. : Un homme qui se laisse dominer par une gueule de bois n'est pas un homme...

1. Car dans le sommeil de la mort, les rêves qui peuvent surgir... Shakespeare, *Hamlet*, acte III, scène I.

2. Eh bien, comme je te l'ai dit, il a l'habitude de dormir l'après-midi. Là tu pourras lui écraser la cervelle.
Shakespeare, *La tempête*, acte III, scène II.

STEVE : Si c'est vrai, je suis prêt à m'enrôler dans l'O.N.F.

DON V. : Dans quoi ?

STEVE : L'O.N.F.

DON V. : C'est quoi ?

Swinson apparaît dans le champ.

SWINSON : L'Organisation Nationale des Femmes. Elles veulent être les égales des hommes.

DON V. : Moi je veux bien, mon ami, tant qu'on les empêche d'avoir accès aux armes à feu et aux couteaux. Pendant la révolution, quand j'étais enfant, j'ai vu des femmes se livrer à des actes que je préférerais oublier...

STEVE : Si je pouvais dormir, j'oublierais peut-être cette gueule de bois...

DON V. : Pas question. Mangez votre *menudo*, buvez la *cerveza*. Dans vingt minutes, nous partons en balade...

STEVE : En balade ?

Don V. sort.

SWINSON : Don Victoriano veut vous montrer ce que vous ne pouvez pas acheter, peut-être même vous expliquer pourquoi...

STEVE : Merveilleux. C'est quoi, ce truc, au fait ? De la soupe au petit-déjeuner ?

SWINSON : Un ragoût de tripes, fiston, remède mexicain contre la gueule de bois. Des tripes pour vos tripes. Ne le mangez pas si ça vous révulse l'estomac, fiston.

STEVE : Je vais peut-être vous foutre mon pied au cul, mon vieux. Peut-être que ça me ferait du bien...

SWINSON : Je n'en doute pas... Cecilia va vous montrer votre chambre et je vous retrouve dans vingt minutes.

STEVE : Merveilleux.

Intérieur. Chambre d'ami. Lumière du jour.

Panoramique sur la chambre ; on voit le complet de Steve en tas par terre, le reste de ses vêtements et ses bagages soigneusement rangés. Par la porte-fenêtre, on voit un patio privé où un domestique assis derrière une table nettoie les fusils de Steve. Nouveau panoramique de la caméra qui nous montre, dans la salle de bains, Steve dans un bain de mousse, avec Cecilia lui frottant les pieds avec une pierre ponce. Il a un cigare dans une main, une bière dans l'autre. Les yeux fermés, il semble plongé dans une profonde béatitude.

STEVE : Seigneur Dieu, je me demande comment ils traitent les gens qu'ils aiment...

MIGUELITO *(hors champ)* : À peu près de la même façon, señor Kennedy. Au Mexique, l'hospitalité a force de loi, contrairement à la loi qui marche au doigt et à l'œil aux ordres du premier dollar venu...

Intérieur. Salle de bains. Lumière du jour.

STEVE : Pas seulement le Mexique, Mike, quasiment le monde entier, mais ce n'est pas un monde que j'ai fabriqué.

MIGUELITO : Pas plus que moi...

STEVE : Alors, qu'est-ce qui se passe ? Ils ont attrapé les autres gars ?

MIGUELITO : Pas encore.

STEVE : Tu fais partie de la balade ?

MIGUELITO : Non. J'ai grandi ici et ça me rappelle trop de souvenirs, pas tous agréables... Je suis venu simplement vous dire que je vais aller passer quelques jours à Torreón pour voir ma mère.

STEVE : Elle ne vit pas ici ?

MIGUELITO : Elle n'a jamais vécu ici.

STEVE : Oh.

MIGUELITO : Quand retournez-vous aux États-Unis ?

STEVE : Je ne sais pas. Dans quatre ou cinq jours, une semaine peut-être. Ça dépendra de la façon dont se déroulent les négociations. En tout cas, je vais rester un moment.

MIGUELITO : Les négociations ?

STEVE : Je n'ai pas encore renoncé.

MIGUELITO : C'est bien ce que je pensais, mais méfiez-vous de la maladie des gringos.

STEVE : La maladie des gringos ?

MIGUELITO : Beaucoup de gringos viennent, quelques-uns ne repartent jamais...

Cette formule semble vaguement menaçante et Steve lève les yeux.

MIGUELITO *(vivement)* : ... sauf pour un saut rapide à la frontière tous les six mois pour renouveler leurs visas touristiques...

STEVE : Pas de problème. Je te revois donc dans quelques jours.

MIGUELITO : Comptez sur moi, monsieur Kennedy...

Steve se laisse aller en arrière, ferme les yeux.

STEVE *(d'une voix assourdie)* : ... une semaine peut-être...

Extérieur. Allée. Lumière du jour.

Deux jeeps attendent dans l'allée. Dans la première, Swinson est au volant, Steve à l'arrière. Dans la seconde, se trouvent les gardes du corps n° 1 et n° 3, et une glacière. Les gardes du corps ont augmenté leur puissance de feu ; tous deux sont armés d'automatiques .45, celui qui occupe le siège du passager tient un M-16 entre les jambes, et le conducteur a une Uzi accrochée à l'épaule. À l'arrière-plan, Don V. et Miguelito semblent en pleine discussion.

STEVE : ... et j'ai toujours entendu dire que vingt minutes ici, ça voulait dire une heure et demie, mais je n'y croyais pas...

SWINSON : Comment dit-on déjà ? Laissez-vous porter par le courant...

STEVE : Vous êtes parti depuis trop longtemps. Plus personne ne dit ça.

SWINSON : Je me plais beaucoup ici.

STEVE : Un nid d'oiseau au sol.

SWINSON : Fiston, parmi les détails que votre avocat n'a pas découverts dans son enquête, il y a le fait que Don Victoriano et moi sommes amis depuis très longtemps... depuis l'époque où il enseignait l'économie latino-américaine à l'Université d'Arizona... ils ont loupé ça, hein ?

STEVE : C'est la dernière chose qu'ils louperont à jamais pour moi...

SWINSON : Ne soyez pas trop dur avec eux, peu de gens connaissent cette période.

STEVE : D'accord. Pas de limousine aujourd'hui ? Comment ça se fait ?

SWINSON : On va peut-être s'aventurer dans des régions assez rudes, vous savez.

STEVE : Tant mieux.

Don V. s'approche de la jeep tandis qu'un Miguelito visiblement bien chapitré repart vers la maison.

DON V. *(en espagnol)* : C'est le dernier que j'envoie au collège aux États-Unis. Ils reviennent tous fous.

SWINSON *(en espagnol)* : Qu'est-ce qu'il a encore fait ?

DON V. *(en espagnol)* : Il s'est mis en tête l'idée stupide que j'avais maltraité sa mère. J'ai cru qu'il allait me provoquer en duel. Je n'ai pas envoyé sa mère à Torreón. Je ne sais pas ce qu'elle lui a dit, mais il m'a accusé de l'avoir exilée. À quoi ça rime, je te demande un peu ? En exil. Il n'a aucun respect, aucune gratitude, il n'a pas de couilles !

SWINSON *(en espagnol)* : Je le soupçonne d'avoir été acheté.

DON V. *(en espagnol)* : Je ne sais pas ce que le gringo a payé, mais en tout cas il a payé trop cher.

STEVE : Des problèmes ?

DON V. : Des problèmes ? Aucun problème. Sauf que nous n'avons rien à boire.

Don V. se tourne et claque des doigts vers l'arrière de la jeep. Le garde du corps n° 3, maladroit dans sa précipitation, apporte les verres, puis retourne s'asseoir et la jeep démarre. Don V., tourné sur son siège, agite son cigare en direction de Steve.

Extérieur. La grille. Lumière du jour.

Après que la jeep a franchi la grille, le garde du corps n° 4, un jeune homme avec un M-16 accroché à l'épaule, la referme derrière eux.

Extérieur. La piscine. Lumière du jour.

Maggie est étendue au soleil tandis qu'Evangelina fait des longueurs de piscine. Lorsque Evangelina a terminé, elle sort de l'eau à proximité de Maggie.

MAGGIE *(en espagnol)* : Comment se fait-il que vous ne soyez pas partie en promenade avec votre nouvel ami ?

EVANGELINA : Je crois savoir que trop de soleil détruit la peau d'une femme d'un certain âge, la tanne ou lui donne le cancer...

MAGGIE *(en espagnol)* : Vous n'avez pas été invitée, n'est-ce pas ?

Evangelina fait voleter ses cheveux mouillés, aspergeant d'eau le ventre nu de Maggie qui ne bronche pas.

Extérieur. La visite. Série de fondus. Interlude musical. Lumière du jour.

On voit des vignobles et des établissements vinicoles ; le haras ; un élégant lunch servi sous les vieux cyprès le long d'un ruisseau limpide ; une *siesta* sous ce même ombrage ; une virée dans l'après-midi parmi les collines rocailleuses où paissent de maigres vaches en liberté ; le visage des *vaqueros* ; le coucher du soleil, lumineux derrière les montagnes du désert ; un crépuscule plein de douceur autour d'une hutte à toit de palmes ; et devant la hutte, Don V. et Swinson échangeant des salutations, distribuant des cadeaux, l'harmonieuse cadence de l'espagnol audible tandis que la musique diminue.

Extérieur. La hutte. La nuit.

Les hommes sont assis autour d'un feu sur des rochers et des souches, mangeant des haricots dans des bols en poterie avec des tortillas pliées et de minces languettes de bœuf enroulées dans des tortillas et trempées dans la sauce. En bordure du cercle lumineux du feu, des enfants jouent en silence et une femme à la silhouette indistincte se livre à diverses tâches.

Extérieur. La hutte. La nuit.

Le feu, inutile maintenant pour faire la cuisine, a été légèrement ranimé, et comme la caméra effectue un panoramique sur le cercle d'hommes, le vaquero n° 1, un vieil homme, refuse la cigarette que lui propose Swinson, et commence à rouler du tabac grossièrement coupé dans des feuilles de papier jaune, qu'il distribue ensuite au demi-cercle d'hommes durant la conversation qui va suivre ; le vaquero n° 2, un jeune homme, a l'enfant n° 1 assis entre ses cuisses, et l'enfant n° 1 tient un bébé, l'enfant n° 2 sur ses genoux. Derrière eux, on voit une femme allaitant un autre enfant, visible seulement quand une flamme jaillit. Les hommes ont des bières à la main, qu'ils sirotent lentement, pensivement.

DON V. : ... et ils ont peut-être décidé que mon grand-père était trop instruit pour un *Indio*, en tout cas, ils l'ont pendu à la corde de la cloche de l'école en '98, pendant que ma mère, qui avait quinze ans à l'époque, regardait, cachée derrière un fourré de cactus. Cette nuit-là, elle s'est enfuie dans les montagnes d'où sa mère était venue pour prendre le bras de ce maître d'école, où elle a trouvé mon père... Certains disent, mais pas devant moi, que mon père avait pris goût au bœuf de Terraza[1]. Une histoire que je ne me donnerai pas le mal de nier ; même Pancho Villa avait un penchant pour le bœuf de Terraza... Quelle que soit la façon dont ils se sont rencontrés, ils se sont rencontrés et je suis né dans un endroit très semblable à celui-ci...

Extérieur. La hutte. La nuit.

... au cours de la bataille à Torreón en '13, ils ont tous deux été tués... Mon père m'a légué un Mauser, et ma mère les œuvres de Shakespeare et un .34-40 Krag...

Extérieur. La hutte. La nuit.

... un après-midi, Rodolfo Fierro, plaisantant Villa sur son *nino fiero* qui savait lire... Villa m'a alors donné l'ordre de revenir à Chihuahua pour enseigner aux enfants, la vraie révolution, disait-il...

Extérieur. La hutte. La nuit.

Le feu a été réduit à l'état de braises. Il ne reste plus que Swinson, Don V., Steve et le vaquero n° 2. Swinson et Don V. sont enroulés dans des couvertures sur le sol, les pieds près du feu, fumant un dernier cigare, tandis que Steve et le vaquero n° 2, debout un peu à l'écart, contemplent le ciel du désert.

DON V. *(en espagnol)* : Ah, mon vieil ami, je ne devrais pas parler du passé. Ça me fait

1. Terraza : un des plus grands ranches du nord du Mexique.

prendre conscience de mon âge... J'ai fait un long chemin pour un maître d'école, et c'est bon d'être couché sur mon propre bout de terre ; même les étoiles semblent m'appartenir... Cela me donne la sensation d'être bien vivant, mon ami, ce qui signifie que c'est un bon endroit pour mourir...

SWINSON *(en espagnol)* : Vous pensez beaucoup à la mort ces temps-ci, *patron.*

DON V. *(en espagnol)* : À la vie aussi. La Rubia pense qu'elle attend peut-être un enfant.

Ils rient.

DON V. : Hé, gringo. Que pensez-vous de mon ciel ?

STEVE : Quelquefois à Aspen en hiver, après un orage, il...

SWINSON : Aspen... petit, franchement, tu manques de goût...

Les deux hommes se roulent plus étroitement dans leurs couvertures.

Extérieur. La hutte. La nuit.

Steve, semble-il, a vraiment été blessé.

Extérieur. La hutte. Lumière du jour.

Le soleil n'a pas encore franchi la crête à l'est, mais la crête à l'ouest est déjà inondée d'un soleil éclatant. Don V. et Swinson boivent du café. Les vaqueros n° 1 et n° 2 ont sellé leurs chevaux.

DON V. : Ce gringo a une capacité de sommeil...

SWINSON : Ce sont seulement les personnes âgées qui perdent le sommeil. Laissez-le dormir un peu.

Don V., du bout du pied, heurte celui de Steve.

DON V. : Allez, gringo, réveillez-vous. Nous sommes déjà en retard.

Steve se redresse sur son séant, un sourire endormi aux lèvres.

SWINSON : Comment ça va, cette gueule de bois ?

STEVE : Quelle gueule de bois ?

SWINSON : Je t'avais bien dit que ce *menudo* était efficace, petit.

Extérieur. Chemin de terre. Lumière du jour.

La jeep transportant Don V., Swinson et Steve a son pare-brise rabattu, et Don V. tient son revolver à la main (un S & W, modèle de luxe .44 Magnum). La jeep des gardes du corps suit à quelque distance. Les vaqueros n° 1 et n° 2 guident leurs chevaux au pas de chaque côté de la route.

VAQUERO n° 2 : Coyote !

Il met sa monture au trot, traquant le coyote dans les broussailles, le rabattant en direction de la route. Quand le coyote émerge sur la route, Swinson arrête la jeep, et Don V. tire en rapide succession trois projectiles qui ne font que soulever la poussière entre les pattes du coyote qui détale dans les buisssons. Le vaquero n° 1 fait pivoter son cheval pour lc suivre de nouveau.

DON V. : Ceci n'est pas mon *pistola*. Mon *pistola* ne manque jamais sa cible.

SWINSON : Il est peut-être mort et ne veut pas vous le dire, *patron*. Vous savez à quel point il est rusé, le coyote.

DON V. : Comme le gringo, hein ? *(À Steve.)* Vous voulez essayer ?

STEVE : Pourquoi pas ?

Don V. lance le revolver à Steve qui se lève à l'arrière de la jeep qui redémarre. Au bout d'un moment, le coyote se glisse de nouveau sur le chemin et avance de quelques pas et, à l'instant même, Steve lève vivement le revolver, tire sans même sembler viser et atteint le coyote en plein sur la nuque.

DON V. : Bon sang, vous êtes un sacré tireur...

STEVE : Pour un gringo ?

DON V. : Pour un homme de n'importe quelle couleur — un sacré tireur. Presque aussi bon que je l'étais dans le temps.

STEVE : Un coup de chance, simplement.

DON V. : De la chance, oui, mais vous êtes doué, et en plus un gringo bigrement retors.

STEVE : Retors ?

DON V. : Il m'a expliqué. *(D'un geste, il indique Swinson.)* Il m'a tout expliqué.

STEVE : Quoi donc ?

DON V. : Le truc avec la .22 et les pigeons.

STEVE : Ça ne faisait de mal à personne, et ça a attiré votre attention. D'accord ?

DON V. : Une attention légèrement plus favorable que celle du début, El Trampas.

Le vaquero n° 2 remonte la route au galop en direction du coyote, se penche sur sa selle et empoigne la queue de la bête. Il fonce sur la jeep à bride abattue, arrête pile son cheval qui freine des quatre fers, et jette alors la carcasse sur le capot de la jeep, avant de virer de côté et de s'éloigner au trot.

VAQUERO n° 1 *(en espagnol)* : Juanito ! Espèce d'innommable charogne ! Viens ici !

DON V. : Pas mal, hein ? Vous pouvez faire ça, El Trampas ?

STEVE : Je monte un peu à cheval, oui.

DON V. : Parfait. Dimanche prochain, nous allons à un rodeo charro.

STEVE : Je me disais que je pouvais peut-être...

DON V. : Oui ?

STEVE : ...rester encore quelques jours...

Comme la jeep sort du cadre, on voit le vaquero n° 2 menant son cheval par la bride tandis que le vaquero n° 1 chevauche à sa hauteur, lui flanquant de temps à autre un coup de cravache.

Extérieur. Portail. Lumière du jour.

Le portail d'un ranch à l'endroit où le chemin de terre débouche sur la grand-route. Les jeeps sont arrêtées et le garde du corps n° 3 ouvre le portail.

DON V. : Señor Kennedy, combien de pigeons pouvez-vous abattre avec une .22 sans tricher ?

STEVE : Comment ça, tricher ? Au moins, quatre sur cinq, chaque fois.

DON V. *(il rit)* : Vous allez faire un très bon Mexicain.

Extérieur. La piscine. Lumière du jour.

À un bout, Steve assis à une table sous un parasol travaille sur une calculatrice portable et une pile de livres de comptabilité et de documents. À l'autre extrémité, Maggie est étendue à plat ventre, le soutien-gorge de son maillot de bain dégrafé. Derrière la piscine, la maison d'où se dégage cette atmosphère typiquement mexicaine de calme et de sérénité n'existant que durant la *siesta*.

Tandis que Steve tout en travaillant se parle à mi-voix, Evangelina sort de la maison, en string. Elle s'approche de Steve sur la pointe des pieds et lui couvre les yeux de ses deux mains.

EVANGELINA : Devinez qui ?

STEVE : Annette Funicello ? *(Il se retourne.)* Sauf que Frankie serait mort de saisissement s'il l'avait vue dans cette tenue.

EVANGELINA : Mon maillot vous plaît ?

STEVE : Je croyais que les jeunes filles mexicaines étaient surveillées, pleine de pudeur et tout ça.

EVANGELINA : Cela prouve que vous n'y connaissez rien. Dans le Midi de la France l'été dernier, je suis allée à une plage topless...

MAGGIE *(sans lever la tête)* : Nous ne sommes pas dans le Midi de la France, jeune fille. Enlevez ce maillot de bain avant que votre grand-père se réveille.

EVANGELINA : Elle est jalouse, tout simplement. Elle a les seins qui commencent à tomber — ils sont trop gros, vous savez — et elle se met à avoir du bide. Rangez donc toutes ces paperasses, El Trampas, je vais me changer et on ira faire du cheval.

STEVE : Oh... oui, bon, d'accord... Plus tard peut-être.

En partant Evangelina lui pose un baiser léger sur la joue, puis s'éloigne d'un pas dansant vers la maison ; Steve fait mine de se remettre à son travail, mais en fait il observe Maggie. Au bout d'un moment, il remet tous ses papiers dans son porte-documents, se lève, s'étire, puis effectue un plongeon de départ de course dans la piscine, suivi de plusieurs longueurs exécutées d'un impeccable crawl de champion. Il se laisse ensuite dériver jusqu'au bord de la piscine en dessous de Maggie.

MAGGIE : Il serait plus sage de ne pas l'encourager, vous savez.

STEVE : Je fais de mon mieux, madame, mais ça devient tous les jours de plus en plus dur. Un de ces jours, je serai obligé d'aller faire du cheval avec elle et je ne sais pas combien de temps je peux résister à mes bas instincts.

MAGGIE : Résistez à mort, mon ami, à mort.

STEVE : On dirait une menace.

MAGGIE : Plutôt une évidence.

STEVE : Peut-être pourriez-vous suggérer une autre façon de me soulager de toutes ces pulsions érotiques, ma petite dame.

Avec des mouvements souples, Maggie rattache son soutien-gorge et se met debout.

MAGGIE : Facile. Vous pourriez vous coincer les couilles dans la portière d'une voiture. En général, ça marche. *(Elle se lève.)* Qu'est-ce qui cloche chez vous, de toute façon ? Vous croyez que si vous couchez avec sa bonne femme, vous pouvez acheter sa vie ? Laissez-moi tranquille, d'accord ?

STEVE : D'accord. Mais vous et moi savons qu'à un autre moment, et dans un autre endroit, ce serait différent. Vrai ?

MAGGIE : Oui, je sais, mais je n'en suis pas fière. Si vous êtes tellement excité, il y a toujours Cecilia.

STEVE : Cecilia ? C'est une enfant.

MAGGIE : Evangelina est une enfant. Cecilia est une veuve avec deux enfants qui attend que Don Victoriano lui trouve un mari convenable. Ce ne serait pas automatique, mais je l'ai entendue parler avec une des autres bonnes... elle trouve que vous avez l'air d'une star de cinéma et elle tuerait pour monter une fois dans votre drôle de petite bagnole.

STEVE : Une des règles en or de mon papa : ne jamais frayer avec les domestiques.

MAGGIE : C'est votre libido, pas la mienne.

STEVE : Et puis il y a un problème...

MAGGIE : Quoi donc ?

STEVE : Rien.

MAGGIE : Et avec Evangelina... résistez à mort.

STEVE : Vous avez ma parole.

MAGGIE : Si seulement vous saviez ce que cela veut dire...

Comme Maggie rassemble ses serviettes de bain et son huile solaire, Heriberto sort de la maison en maillot de bain, en bâillant et en s'étirant. Lorsqu'ils se croisent, ils bavardent un instant, sans qu'on les entende, puis Heriberto plonge dans la piscine et commence à effectuer des longueurs sans avoir salué Steve. Steve attend qu'il exécute un tournant à l'extrémité de la piscine où il se trouve, puis il commence à nager avec lui. Après une ou deux longueurs à petite allure, ils commencent à faire la course, une course que Heriberto finit par gagner.

Extérieur. À côté de la piscine. Lumière du jour.

Heriberto et Steve, assis à la table, épuisés, rient comme des gamins tandis que des domestiques servent des boissons glacées et un plateau d'amuse-gueule.

STEVE : Bon sang, mon vieux, j'ai été le meilleur sprinter de l'Université du Missouri pendant trois ans, et vous me flanquez une déculottée... Ah, voilà un lapsus bien freudien...

HERIBERTO : Aucun problème ; je suis habitué... Personne, je suppose, ne vous a signalé que j'ai failli représenter le Mexique aux Jeux olympiques de 76...

STEVE : Failli seulement ?

HERIBERTO : Il y a eu des complications.

STEVE : Des complications ?

HERIBERTO : Eh bien, mon amant à San Francisco a exécuté un saut de l'ange depuis le Golden Gate Bridge...

STEVE : Je suis désolé...

HERIBERTO : ... on croirait un mauvais roman... ou encore le châtiment de Dieu pour l'homosexuel mexicain...

STEVE : Et je suis désolé pour l'autre soir, cette histoire m'avait rendu fou et je ne savais pas...

HERIBERTO : ... et puisqu'on parle de folie, il a fait ça sous mon nez et j'ai passé dix-huit mois très agréables, drogué à mort, en plein brouillard... J'accepte vos excuses pour l'autre soir, et j'aimerais vous remercier de nouveau. Evangelina est exaspérante pour tout le monde, mais c'est mon unique sœur.

STEVE : Inutile de me remercier. Une veine folle, simplement...

Extérieur. Bord de la piscine. Lumière du jour.

Evangelina a rejoint Steve et Heriberto à la table. Elle est en tenue de cheval. Cecilia se tient derrière elle, un panier en osier à la main.

EVANGELINA : ... et vous êtes un jeune homme très désobéissant, monsieur Kennedy. J'ai quatre bouteilles de champagne au frais, un pâté, et je connais l'endroit idéal pour admirer le coucher du soleil. Et d'ailleurs, vous m'avez promis, trois jours d'affilée, et cette fois vous venez.

STEVE *(à Heriberto)* : Vous nous accompagnez ?

HERIBERTO : Ça ne vous ennuie pas ?

STEVE : Pas du tout.

EVANGELINA : Mais ils n'ont sellé que deux chevaux...

STEVE : Seigneur, vous avez assez de chevaux et de palefreniers ici pour équiper tout un western italien. Evangelina, appelez les écuries ; Heriberto, allez-vous changer ; et je vous retrouve devant la maison dans cinq minutes... *(Il observe une pause)* c'est-à-dire cinq minutes du Missouri, pas des minutes mexicaines...

Comme Steve passe en courant devant Cecilia, ils échangent un sourire.

Extérieur. Vignoble. Lumière du jour.

Steve, Heriberto et Evangelina galopent sur une sente caillouteuse entre les rangées de vignes, suivis à une allure plus calme par Cecilia, portant le panier et chevauchant un mulet blanc.

Extérieur. Une colline. Lumière du jour.

Sur un sentier qui serpente sur le flanc est d'une crête montagneuse, Evangelina chevauche en tête lentement, une coupe de champagne en cristal à la main. Steve et Heriberto la suivent à quelque distance, chevauchant côte à côte, bavardant, et Cecilia ferme la marche, une bouteille de champagne ouverte à la main. Elle boit discrètement une gorgée à la bouteille, puis sourit.

STEVE : ... et tout ça, bon Dieu, c'était ma faute, vous savez. J'ai mal choisi mon conseiller économique, et la dévaluation m'a surpris le cul à l'air...

HERIBERTO : Vous n'êtes pas le seul, mon ami.

STEVE : Eh bien, justement. Nous avons, voyez-vous, cette filiale qui contrôle six mille hectares de légumes du côté de Culican...

HERIBERTO : Je ne savais pas ; je crois que personne n'est au courant...

STEVE : En fait, ça n'est pas censé se savoir, et nous nous sommes lancés dans cette affaires surtout pour que nous, ou plutôt que mon père, ait un endroit où chasser la tourterelle, le pigeon et je ne sais quoi... mais en tout cas, je me suis retrouvé avec des tonnes de liquide dans les banques par ici...

EVANGELINA : Messieurs, vous ne vous conduisez pas en gentlemen. Vous m'ignorez.

STEVE : Désolé, mais laissez-moi finir, d'accord ? Bon, en tout cas, votre grand-père et moi pourrions nous rendre un grand service mutuellement, et peut-être, si vous avez quelque influence...

HERIBERTO : Désolé, mon ami, pas la moindre. Même pas quand j'achète des œuvres d'art pour lui. Il m'indique ce que je dois acheter, et je m'efforce de l'obtenir au meilleur prix. Vous avez peut-être remarqué que c'est une forte personnalité... Allez-vous rester jusqu'à dimanche et la *charreada* ?

STEVE : Bien sûr. Je ne manquerais ça pour rien au monde.

HERIBERTO : Chevauchez un taureau pour lui ; alors peut-être il vous parlera.

EVANGELINA : Messieurs !

Evangelina se tourne tout en criant, puis elle projette sa coupe en cristal contre un rocher.

STEVE : On arrive. Tout de suite !

HERIBERTO : C'est plutôt une enfant gâtée, vous savez, mais c'est ma sœur...

STEVE : Je ne vous envie pas, mon ami, pas du tout... On arrive...

Steve et Heriberto, d'un coup de talon, mettent leurs chevaux au trot, Cecilia de nouveau boit subrepticement une gorgée de champagne, sourit de nouveau.

Extérieur. Les écuries. Lumière du jour.

Sur la piste, le vaquero n° 3 fait tourner une jument arabe pur-sang au bout d'une longe. Contre la barrière sont appuyés : Don V., Swinson, et deux Américains, Gus et Betty Vandeven. Il est vêtu comme un vieux cow-boy, ce qu'il a été autrefois, et elle est parée d'une tenue de cheval de luxe, mais ses hautes bottes sont éraillées par le frottement de la selle et l'intérieur des cuisses de sa culotte de cheval est élimé par l'usure. Il est vieux ; elle est jeune ; ils s'appellent entre eux « Poppy » et « Poopsie », mais gentiment.

Derrière eux, on voit une Cadillac décapotable blanche à laquelle est accroché un van.

GUS : Qu'est-ce que t'en penses, Poopsie ?

BETTY : Elle est magnifique, Poppy. Quand est-ce qu'elle doit mettre bas ?

GUS : À la mi-octobre.

BETTY : Oh, Poppy, un poulain Balance. Mon astrologue m'a toujours dit que j'avais besoin d'un poulain Balance. Achetons-la.

GUS *(crache par terre)* : Voyons si on peut trouver une meilleure raison que ça.

Betty chuchote à son oreille et il opine du bonnet en souriant.

GUS : Eh bien, Don Victoriano, si vous êtes vendeur, j'achète...

Une longue pause durant laquelle nous voyons Don V. observer son cheval.

GUS : ... et peut-être aussi l'étalon...

DON V : Pas l'étalon.

GUS : Très bien, monsieur. Si vous nous disiez ce que vous demandez pour la jument, on pourrait peut-être faire du commerce de chevaux...

DON V. : Joe, tu t'occupes de ça.

SWINSON : Mais je ne connais rien à...

Mais il parle au dos du vieil homme.

Extérieur. Le désert. Crépuscule.

Avec comme toile de fond le coucher de soleil incandescent du désert, les silhouettes sur la mesa paraissent noires. Heriberto, Evangelina et Steve debout, champagne et canapés à la main. À l'écart, Cecilia accroupie à côté d'un feu de brindilles qu'elle attise machinalement, son sourire visible à la lueur des flammes.

STEVE : Vous aviez raison, Evangelina. C'est un merveilleux endroit pour admirer le coucher du soleil.

EVANGELINA : Il n'y a rien de semblable dans le Missouri ?

STEVE : Il n'y a rien de semblable nulle part au monde...

HERIBERTO : Ah, la maladie des gringos. Mon ami, vous devez vous rappeler qu'il y a au Mexique plus que ses couchers de soleil.

STEVE : Merci, je n'avais pas complètement oublié...

Extérieur. Le vignoble. Crépuscule.

Le groupe chevauche lentement, redescendant par la route gravie au galop.

Extérieur. Les écuries. Crépuscule.

Le groupe attache les chevaux à la balustrade et Steve commence à desserrer les sangles du sien.

EVANGELINA : Laissez donc. Les vaqueros vont s'en occuper. C'est à ça qu'ils servent.

STEVE : Je ne l'ai pas sellé, alors je me suis dit que je pouvais le desseller, le rafraîchir et le bouchonner. C'est bien le moins.

EVANGELINA *(elle rit)* : Êtes-vous en train de devenir un *démocrate* libéral ?

STEVE : Pas encore.

HERIBERTO *(à mi-voix)* : Laissez les *vaqueros* s'en occuper, mon ami. Ils vont se sentir embarrassés, si vous faites leur travail.

STEVE : Exact. Merci. J'aurais dû y penser.

Intérieur. Chambre à coucher

Cecilia et Steve sont assis à chaque extrémité de la baignoire et elle lui masse les pieds et les mollets.

STEVE *(en espagnol)* : Je me demande, mon chou, si tu te sens embarrassée parce que je t'empêche de travailler depuis quelques jours.

CECILIA *(en anglais)* : Embarrassée, non, mais... comment dites-vous ? — gênée ?

STEVE : Tu aurais pu le dire... Tu parles anglais ?

CECILIA : Pas depuis longtemps, *cinco años*, et vous parlez espagnol.

STEVE : Seulement quand je suis détendu.

CECILIA : Détendu ?

STEVE : *Relajado.*

CECILIA : Aimeriez-vous vous détendre de nouveau ?

Extérieur. Patio. Nuit.

Si le premier dîner était une *fiesta*, celui-ci est une veillée funèbre. Don V. affalé devant son assiette à un bout de la table boit au lieu de manger. Steve à côté de lui en fait autant. Evangelina est assise près de lui, excitée par le champagne. Maggie, de l'autre côté de la table, observe Don V. d'un regard inquiet. Gus et Betty esssayent nerveusement d'animer la conversation en lançant des plaisanteries.

GUS : Vous êtes du Missouri, monsieur Kennedy, vous pouvez peut-être me dire une chose.

STEVE : Euh ?... Quoi donc ?

GUS : Le « S » dans Harry S. Truman, ça correspond à quoi ?

STEVE : Salopard, d'accord ?

GUS : Excusez-moi. J'essayais seulement de faire la conversation.

STEVE : Ça ne correspondait à rien, d'accord ? À rien du tout.

Une pause.

BETTY : Don Victoriano, je veux que vous sachiez que je prendrai le plus grand soin de votre... de ma jument lorsque nous la ramènerons à El Paso — n'est-ce pas, Poppy ? Et nous serons toujours...

Don V. marmonne quelque chose, liquide sa tequila, puis jette le verre par-dessus son épaule. Maggie fait un signe de tête à Swinson qui se lève aussitôt et va aider Don V. à se diriger vers la maison.

BETTY : J'ai dit quelque chose d'épouvantable ?

STEVE *(se lève)* : C'est vous qui êtes épouvantable, espèce de cow-girl à la noix !

GUS *(se lève)* : Dites donc, jeune homme...

EVANGELINA *(se lève)* : Monsieur Kennedy, ce sont les invités de mon grand-père et vous ne leur parlez pas sur ce ton.

MAGGIE *(à Heriberto)* : Quelquefois, elle me rend dingue, mais quelquefois elle est bien digne de sa lignée.

EVANGELINA : ...et vous allez leur présenter vos excuses et quitter la table.

STEVE : Je suis navré, monsieur et madame Vandeven, trop de soleil, trop de tequila, trop de Mexique. Je ne sais pas toujours comment me comporter en présence de mes compatriotes. J'espère que vous voudrez bien m'excuser.

Steve prend une bouteille sur la table et sort.

EVANGELINA : Au nom des de la Cruz, je vous présente nos excuses pour notre invité. J'espère que vous voudrez bien les accepter.

GUS : Bien sûr. Je comprends peut-être ce qu'il ressent. Quand j'étais jeunot et que j'embarquais des bêtes de rodéo à Chihuahua, je me cuitais à la tequila et je haïssais les riches gringos moi aussi... et maintenant j'en suis devenu un... Allez, au plumard, Poopsie...

BETTY : Mais, Poppy, je ne suis pas...

GUS *(ramasse l'assiette de Betty)* : Tout de suite.

Comme les Vandeven quittent la table, Evangelina empoigne une bouteille de champagne et se dirige vers la maison.

MAGGIE : Evangelina.

EVANGELINA : Quoi, Miz Irons ?

MAGGIE : Très joli, votre intervention. Je suis sûre que votre grand-père serait fier.

EVANGELINA : Merci. *(Elle s'en va.)*

MAGGIE *(à Heriberto)* : Je me demande ce qui est arrivé à M. Kennedy. Il voulait peut-être acheter la jument.

HERIBERTO : Et peut-être pas. Peut-être est-il en train de devenir un Mexicain, mais sans bien comprendre encore ce qui se passe. Comme vous, ma chère, au début.

MAGGIE : Et peut-être pas...

Steve revient.

STEVE *(en espagnol)* : Il me semble que je devrais présenter mes excuses à Don Victoriano, mais je n'arrive pas à le trouver.

MAGGIE : Vous parlez espagnol. Espèce de salaud, de faux jeton.

STEVE : Je suis désolé. Dans mon travail, il est parfois nécessaire de ne pas dévoiler tous ses atouts. Je suis désolé. Mais j'aimerais m'excuser auprès de Don Victoriano, puis je partirai demain.

MAGGIE : Vous êtes simplement bourré de tequila et de remords. Demain matin, vous serez redevenu le même connard qu'à votre arrivée...

STEVE : Probablement.

MAGGIE : ...alors laissez tomber.

STEVE : D'accord.

HERIBERTO *(se lève)* : Venez, mon ami, je sais où il est.

Intérieur. La galerie.

Panoramique de la caméra sur la pièce. On voit une collection éclectique de tableaux et de sculptures — paysages français, expressionnistes, abstraits, aquarelles anglaises, peintures murales mexicaines. Un grand fauteuil est installé devant un Orosco (« Zapatistes » ?), un nuage de fumée de cigare plane au-dessus. Comme le panoramique se poursuit, on voit des espaces vides.

Intérieur. Galerie.

Don V. est assis dans le fauteuil. Heriberto et Steve sont debout devant lui.

DON V. : ... aucune raison de vous excuser, El Trampas. Dans votre pays, j'ai souvent prétendu ne pas comprendre l'anglais — *No habla inglés, señor* — et cet autre incident, ce n'est rien... Quand on est assis devant ces tableaux, plus rien n'existe...

STEVE *(en espagnol)* : Je vous présente quand même mes excuses, Don Victoriano.

DON V. : Parlez anglais.

STEVE : *Si, patron.* Je suis désolé au sujet de cette jument que je n'ai même jamais vue...

DON V. : Et vous seriez plus désolé encore si vous l'aviez vue...

STEVE : ... et si je peux me rendre utile, d'une façon quelconque, je, je pourrais...

DON V. : Ne pensez plus à ça. C'est mon problème, quelque chose qui date de ma jeunesse. La leçon que j'ai tirée de la révolution est erronée : j'ai appris à ne jamais appartenir à quoi que ce soit, à ne pas croire seulement à la fortune et à la sécurité... maintenant, la vie me donne d'autres leçons, mais je suis trop vieux pour les apprendre... Viens, Heribertito, aide-moi à me mettre au lit et vous, gringo, dimanche à la *charreada*, vous chevaucherez peut-être un taureau pour donner à un vieil homme l'occasion de rire.

STEVE : *Si, patron.*

Don V. s'éloigne, au bras de Heriberto, qui regarde par-dessus son épaule et sourit, tandis que Steve se tasse un instant sur sa chaise. Puis il se lève d'un bond, comme si, dans une salle obscure de cinéma, il avait cherché une place à tâtons et s'était assis sur les genoux de quelqu'un.

STEVE *(à lui-même)* : Papa, je crois que tu as mal choisi ton délégué pour ce genre de boulot.

Intérieur. Chambre à coucher.

À la lumière d'une petite bougie, on voit Evangelina expulser Cecilia du lit de Steve.

Intérieur. Chambre à coucher.

Sans la lueur de la bougie, on distingue vaguement deux silhouettes faisant l'amour.

Extérieur. Les écuries. Lumière du jour.

La Cadillac blanche décapotable attend, son moteur tourne. Steve et Gus sont appuyés à la voiture tandis que Betty à l'avant se lime les ongles.

GUS : ... même si vous m'offriez trois fois le prix, je ne vendrais pas la jument — je suis comme vous, l'argent signifie plus rien pour moi, juste une façon de marquer un point, et j'ai renoncé à jouer il y a des millions d'années — mais quand vous me présentez l'affaire comme ça, je ne peux guère résister. Vous pouvez avoir la jument au prix où je l'ai payée.

STEVE : Je vous remercie. Je suis sûr que vous ne le regretterez pas.

BETTY : Tu vas pas vendre ma jument, Gus Vandeven !

GUS : C'est pas ta jument, Poopsie, et me dis pas ce que je dois faire ou pas faire.

Gus et Steve font descendre la jument du van pendant que Betty écoute du rock'n roll.

Extérieur. Patio. Lumière du jour.

Le petit-déjeuner est aussi sinistre que l'était le dîner la veille. Don V. a déjà absorbé pas mal de bloody marys. Maggie a l'air fatiguée et préoccupée ; Miguelito est de retour et semble avoir passé son temps, durant sa visite chez sa mère, à nager dans une bouteille de tequila. Seule Evangelina a le sourire, un sourire que Swinson observe d'un œil soupçonneux.

EVANGELINA *(en espagnol)* : Et comment va votre mère, Miguelito ?

MIGUELITO : Quoi ? Oh, elle va bien, très bien. Merci.

DON V. : L'exil ou la tombe...

Steve entre, conduisant la jument.

STEVE : Don Victoriano, bien que votre hospitalité n'ait pas de prix, faites-moi l'honneur d'accepter ce petit présent.

SWINSON *(en aparté)* : Sacré nom de Dieu !

Steve conduit la jument jusqu'à Don V., dont le visage s'est considérablement éclairé, et lui tend les rênes. Le vieil homme essaie de parler mais aucun son ne franchit ses lèvres et pour finir, il prend les rênes simplement et emmène la jument. Grande agitation autour de Steve ; Evangelina le serre sur son cœur, puis court rattraper son grand-père ; Swinson lui serre la main et lui assène une claque sur l'épaule. Maggie esquisse un geste pour l'étreindre, puis recule d'un pas et lui tend la main.

MAGGIE : Je suis fière de vous ; je vous remercie. Je vous avais mal jugé...

STEVE : Ça fait partie des frais généraux, tout simplement.

MAGGIE : Exact.

Maggie l'étreint de bon cœur et lui plante un baiser sonore sur la joue, puis elle sort de la cour derrière Swinson et se dirige vers les écuries.

MIGUELITO : Ça doit être merveilleux de pouvoir se permettre ce genre de geste.

STEVE : Oh, salut, Mike. Tu disais ?

MIGUELITO : Je disais qu'on doit se sentir formidable quand on peut se permettre un geste comme celui-là.

STEVE : Je sais pas trop... C'est la première fois que ça m'arrive.

MIGUELITO : Les choses ont bien changé, on dirait, pendant mon absence.

STEVE : Je ne sais pas... Peut-être.

Extérieur. Au bord d'un ruisseau. Lumière du jour.

Deux chevaux en sueur à l'ombre d'un cyprès. À hauteur d'un profond bassin de la rivière, Steve et Evangelina se reposent, autour des reliefs d'un pique-nique. Steve est étendu sur le dos, un poignet posé sur ses yeux. Evangelina, couchée sur le côté, s'appuie sur un coude.

EVANGELINA : C'est merveilleux...

STEVE : Absolument...

EVANGELINA : ... je vous ai enfin pour moi toute seule et vous me faites le coup de vous endormir. *(Elle se lève.)* Je crois que je vais aller me baigner. Vous venez aussi ?

STEVE : Je crois que je vais faire la sieste.

Evangelina commence à se déshabiller.

EVANGELINA : Vous voyez en moi une sorte de vierge mexicaine, avec une *dueña* rodant derrière moi comme un vautour. J'ai vécu à Londres et à Paris en plus des trois ans où...

STEVE *(d'une voix endormie)* : T'as vu Londres, t'as vu Paris, t'as vu la culotte à Marie... *(Il se redresse sur son séant.)* Bon sang, qu'est-ce que vous faites ?

Evangelina a déboutonné sa chemise et est en train d'enlever son pantalon.

EVANGELINA : Je vais nager.

STEVE : Pas comme ça, sûrement pas !

EVANGELINA : Qui va m'en empêcher ?

STEVE : Personne, je suppose. Je vais simplement m'éloigner dans le soleil couchant...

EVANGELINA : Ce n'est pas ce que vous avez fait la nuit dernière, mon ami.

STEVE : La nuit dernière... Vous êtes vraiment gonflée, hein ? Merci quand même.

EVANGELINA : Maintenant que c'est fait, où est le mal ?

STEVE : Je ne sais pas.

EVANGELINA : Pourquoi ne pas m'épouser ? Ça réglerait vos affaires, en plus.

STEVE : J'y ai songé en venant ici.

EVANGELINA : Vous êtes sérieux, n'est-ce pas ?

STEVE : Je l'étais à ce moment-là. Et vous, l'êtes-vous en ce moment ? *(Il se lève.)*

EVANGELINA : Je ne pense pas.

STEVE : Je vous retrouverai à la maison.

EVANGELINA : Vous... vous ne pouvez pas me planter ici comme ça...

STEVE : Regardez bien.

Comme Steve enfourche son cheval, Evangelina reste parfaitement immobile.

EVANGELINA : Monsieur Kennedy, si par hasard une étrange idée bien américaine vous prenait de tout avouer à mon grand-père, je dois vous prévenir qu'il vous fera attacher derrière un cheval et traîner à travers la barrière en cactus du corral.

STEVE : Et vous ?

EVANGELINA : Je serai comme il se doit contrite, honteuse, de m'être laissé séduire par le sale gringo.

STEVE : Nous devrions peut-être nous marier, mon chou. Nous nous ressemblons beaucoup, deux serpents sous le même rocher.

Alors que Steve traverse le ruisseau à cheval, Evangelina remet de l'ordre dans ses vêtements, calmement, froidement.

Extérieur. Allée. Lumière du jour.

Le lendemain matin. Steve, habillé maintenant comme un ouvrier du ranch, Levis bien repassés et impeccable chemise blanche de cow-boy et Don V., en grande tenue de *charro*, se tiennent au bord de l'allée comme des passagers attendant un bus.

DON V. : Vous devez comprendre qu'il y a des présents qu'on ne peut accepter, des dettes qu'on ne peut payer...

STEVE : C'est pour moi un plaisir, monsieur, de me sentir votre débiteur...

DON V. : ... je vous remercie donc bien sincèrement, mon jeune ami, et je garderai précieusement le souvenir de ce geste, mais j'ai déchiré le chèque du señor Vandeven, et il a déchiré le vôtre.

STEVE : Tout est bien qui finit bien, alors. Un merveilleux investissement, le seul profit étant...

DON V. : L'amitié. Et nous n'en parlerons plus, *si* ?

STEVE : *Si, patron.* Mais à propos... J'ai parlé à mon frère à Culican hier soir, et il a mis mes capitaux à votre disposition au taux d'intérêt américain, et...

DON V. : Même si je vous autorisais à parler affaires dans ma maison, je vous l'interdirais aujourd'hui. Ce *charro* est une affaire de la plus haute importance...

STEVE : Certainement.

Durant le silence qui se prolonge, les autres arrivent dans l'allée. Evangelina et Heriberto, en tenue de *charro* ; Maggie en tenue d'équitation mais avec un carnet de croquis à la main ; Swinson dans son complet blanc ; et Miguelito arborant une chemise couverte de minuscules alligators. Steve salue Evangelina d'un signe de tête, mais elle fait mine de ne pas le connaître.

MAGGIE *(elle chuchote à Steve)* : Vous avez un peu trop résisté, dirait-on.

STEVE : Merci.

DON V. : Et aujourd'hui, El Trampas, vous chevauchez votre premier taureau, *si* ?

STEVE : C'est ce qu'on me dit.

Extérieur. Charreada. Interlude musical. Lumière du jour.

On voit ici beaucoup de choses : démonstrations de lancers de lasso, les taureaux attrapés par la queue, l'un d'entre eux par Heriberto, les gens qui boivent, les quartiers de bœuf qui tournent au-dessus de feux, des danses accompagnées de chansons de *charro*, etc.

Extérieur. El ruedo. Lumière du jour.

Le *ruedo* ressemble beaucoup à une arène et il y a même une barrière en bois à l'intérieur des murs en pisé. Derrière la barrière du corral, on voit Steve sur un taureau, se parlant à lui-même.

STEVE : Ça n'a vraiment plus aucun sens, tout est foutu et il n'y a aucune raison de grimper sur ce taureau... descends donc de là, reprends ta drôle de petite bagnole et rentre chez toi, ... mettre mes mains par en dessous, hein ? Au moins, je peux me servir des deux. Formidable, non ? *Listo ? Listo*, mon cul ! Dehors ! Oh, merde...

La caméra suit la chevauchée, Steve ne se débrouille pas trop mal, mais au bout d'un moment, le taureau et lui se séparent. Le taureau, néanmoins, semble regretter sa compagnie et décide de le piétiner un instant. Steve roule sur lui-même pour échapper aux sabots, mais se retrouve coincé contre la barrière en bois. Après avoir observé une pause, le taureau charge. Soudain, les rugissements de la foule sont couverts par l'explosion d'un pistolet de gros calibre et le taureau s'affaisse, son mufle creusant une tranchée dans la terre meuble jusqu'aux bottes de Steve.

STEVE : Dieu merci, c'est terminé.

Extérieur. Barrière en bois. Lumière du jour.

Don V. se penche par-dessus la barrière, son pistolet à la main, un large sourire aux lèvres.

Extérieur. Arbres. Lumière du jour.

Steve est assis sur une glacière en plastique, une bière à la main, Don V., Miguelito et Swinson l'entourent, tandis que des femmes à l'arrière-plan font la cuisine.

STEVE : Merci encore, Don Victoriano.

DON V. : Le plus beau coup que j'ai réussi depuis des années. C'est mon *pistola, si* ? Vous voulez refaire un essai, gringo ?

STEVE : Plus tard, peut-être.

DON V. : Allons, El Trampas, encore une tequila, encore un taureau, *si* ?

STEVE *(se relève, flageolant)* : Pourquoi pas, bon Dieu ?

MAGGIE : Ça va, oui ?

STEVE : En super-forme, pas vrai ?

Comme Steve commence à suivre Don V., Miguelito lui touche le bras.

MIGUELITO : Hé, boss, soyez prudent.

STEVE : Aucun problème. Cette fois, ils vont me donner un taureau qui n'a jamais entendu parler de la Réserve fédérale ou de la dévaluation du peso.

MIGUELITO : Un service ?

STEVE : À savoir ?

MIGUELITO : Eh bien, il y a cette jeune personne qui rôde tout le temps autour de votre Ferrari, et si je l'emmenais peut-être faire un tour un peu plus tard, nous pourrions, ah, vous voyez...

STEVE : Mais bien sûr. Bon Dieu, paye-toi du bon temps, Mike. On va bientôt repartir.

MIGUELITO : Enfin, vous savez ce qu'on dit...

STEVE *(lui tend les clefs)* : Quoi donc ?

MIGUELITO : Vous pouvez rentrer chez vous, mais votre cœur restera au Mexique.

STEVE : Sans ce vieux fou et son Magnum

.44, mon cul y serait resté aussi. Si je survis à un autre taureau, je crois que je ramènerai toute ma carcasse à la maison.

MIGUELITO : Peut-être.

Extérieur. Charreada. Interlude musical. Lumière du jour.

Plusieurs plans de ce qui se passe dans l'arène et en dehors ; un plan de Steve sur un autre taureau facile à monter ; la lumière diminue.

Extérieur. Charreada. Interlude musical. La nuit.

La fête est terminée. Steve est la seule silhouette visible, en train de remuer les braises des barbecues. Bien qu'il découvre un nouvel endroit douloureux chaque fois qu'il bouge, il a l'air parfaitement satisfait. Maggie avance lentement parmi les arbres et l'observe de loin. Lorsque Steve se tourne vers la glacière pour y prendre une autre bière, il la voit.

MAGGIE : Trop excité pour dormir ?

STEVE : Trop moulu.

MAGGIE : Pas assez bu ?

STEVE : La cuite que je me suis tapée me suffit pour ce voyage.

MAGGIE : Je supose que vous êtes trop vieux pour appeler ce voyage un rite d'initiation ?

STEVE : Peut-être, peut-être pas. Mais bon Dieu, je suis en tout cas beaucoup plus vieux que lorsque j'ai quitté Saint Louis. À propos de rites, cela me fait penser aux rites de fertilité — non, non, ce n'est pas une proposition —, j'ai surpris une conversation entre Don Victoriano et Swinson. Êtes-vous enceinte ?

MAGGIE : Je n'ai pas de retard encore, mais je me sens enceinte, j'ai les mêmes sensations que les autres fois.

STEVE : Les autres fois ?

MAGGIE : J'ai une fille de seize ans, un garçon de douze. Ils vivent à Beverly Hills avec leur père, chirurgien esthétique des stars.

STEVE : Ça doit être génial.

MAGGIE : Ils se plaisent bien là-bas. Je les ai amenés ici une fois. Ils n'ont pas aimé du tout. Vous avez eu des enfants ?

STEVE : Pas d'épouses non plus. Pas eu le temps.

MAGGIE : Vous devriez essayer une fois. Ça n'est pas si mal...

STEVE : Peut-être.

MAGGIE : Eh bien, bonsoir. À demain matin.

Comme Steve essaye de se relever, il gémit de douleur, et Maggie lui tend une main pour l'aider, mais ce contact les conduit à un léger baiser, puis ils s'enlacent fougueusement, ce qui les terrifie tous deux au point qu'ils reculent chacun d'un pas.

STEVE : Désolé.

MAGGIE : Merci de vous être arrêté.

STEVE : Je croyais que c'était vous.

Ils rient.

MAGGIE : Bonne nuit. *(Elle se retourne.)* Tiens, au fait... avez-vous vu Evangelina récemment ?

STEVE : Pas depuis cet après-midi. Elle est peut-être en train de foutre en l'air la vie de quelqu'un d'autre. Dieu soit loué. À demain matin.

MAGGIE : Merci encore.

STEVE : Je devrais peut-être venir au Mexique plus souvent.

MAGGIE : Pourquoi ?

STEVE : Je n'ai jamais eu autant de chance avec les femmes. Ou de malchance.

MAGGIE : Merci.

Maggie s'en va tandis que Steve recommence à tisonner le feu.

Intérieur. Chambre à coucher. Lumière du jour.

Swinson est penché au-dessus de Steve ; il attend un long moment, jurant sous cape, puis il renverse le lit, projetant Steve au sol. Steve se redresse, bafouillant de rage, les poings serrés.

STEVE : Mais nom de Dieu...

SWINSON : Avance, salopard, je vais t'étriper comme un lapin !

STEVE : C'est un plaisanterie ou quoi ? Je ne trouve pas ça drôle.

SWINSON : Tu n'es pas le seul, connard !

STEVE : Mais qu'est-ce qui se passe, bon Dieu ?

SWINSON : Evangelina.

STEVE : Oh, merde.

SWINSON : Oh merde, comme tu dis. Tu es dans de sales draps, petit, et c'est uniquement de ta faute. Ça n'est pas parce que tu l'as sauvée que tu peux la tringler dans la maison de son grand-père.

STEVE : C'est pas comme ça que ça s'est passé...

Swinson, d'un revers de main par-dessus le lit, expédie Steve au sol.

SWINSON : Me dis pas comment ça c'est passé.

STEVE : Si je me relève, tu vas m'écouter ou tu vas me frapper de nouveau ?

SWINSON : Je crois que je vais te cogner dessus d'abord.

STEVE : Comme tu voudras, mais je préférerais parler.

SWINSON : *Conejo.*

STEVE : Vieillard.

La bagarre ressemble à un étrange ballet : Steve, mains et pieds agiles et rapides, tourne autour de Swinson ; ses jabs font jaillir du sang sur le visage de Swinson, mais semblent par ailleurs sans effet ; ses coups de savate sont habilement bloqués par son adversaire.

STEVE *(il émet un grognement)* : Ceci est tellement inutile... Elle m'a piégé — je ne savais pas qui c'était —, j'étais saoul...

Brusquement, Swinson laisse retomber ses bras, ouvre les poings, et Steve en fait autant.

SWINSON : Oh merde, petit, je le savais, je crois bien. Je suis désolé.

Là-dessus Swinson, prenant Steve par surprise, lui expédie une droite si violente qu'il le projette contre une vieille armoire d'époque qui éclate sous le choc.

STEVE : Tu te sens mieux maintenant ?

SWINSON : Oui, merci.

STEVE : Pas de quoi. Qu'est-ce qui s'est passé ?

SWINSON : Elle n'était pas dans sa chambre ce matin, mais elle avait laissé ce petit mot, une sorte de message hystérique, disant que tu l'avais déshonorée et tout ça...

STEVE : Tout ça quoi ?

SWINSON : Tu connais la chanson — elle

fuyait pour cacher sa honte, jamais plus elle n'obscurcirait le seuil de la maison de son grand-père —, ce genre de trucs.

STEVE : Où est Don Victoriano ?

SWINSON : Il te cherche, l'écume aux lèvres, fiston. Mais j'ai planqué ta voiture dans la grange et lui ai dit que tu étais déjà parti pour l'hacienda, alors il est en route pour s'y rendre. Il m'a laissé ici au cas où tu reviendrais.

STEVE : Merci.

SWINSON : Je n'ai pas fait ça pour toi, je l'ai fait pour le vieux.

STEVE : J'avais bien compris.

SWINSON : En tout cas, tu as bien trois ou quatre heures d'avance pour atteindre la frontière, alors habille-toi et file.

STEVE : Non.

SWINSON : Comment ça, non ?

STEVE : Je ne vais pas fiche le camp. Je vais retourner chez Don Victoriano et ferai ce que son honneur exige. J'irai même jusqu'à la retrouver et l'épouser, s'il le faut.

SWINSON : Et s'il veut te descendre ?

STEVE : De deux maux, il faut choisir le moindre.

Ils rient.

Extérieur. Ferrari. Lumière du jour.

Steve et Swinson s'approchent de la voiture à côté de laquelle attend Miguelito.

MIGUELITO : Hé, boss, je crois que je vais rester encore un jour ou deux. La jeune personne, ah, eh bien, vous savez. Et vous, alors ?

STEVE : Nous retournons au ranch. Pour un certain temps. Voici un peu d'argent pour ton voyage. Retrouve-moi à Saint Louis.

MIGUELITO : Vous êtes formidable, patron. À plus tard. *(Il s'en va.)*

Extérieur. Ferrari. Lumière du jour.

La voiture démarre, avec Steve et Swinson à bord.

SWINSON : Tu es sûr de vouloir faire ça ?

STEVE : Absolument.

Extérieur. La grille. Lumière du jour.

Le garde à la grille porte maintenant une arme automatique et tient à la main une radio d'où sortent des crachotis et des mots indistincts en espagnol avant qu'il n'ouvre la grille pour la Ferrari.

Extérieur. Allée. Lumière du jour.

Maggie se tient en bordure de l'allée tandis que la Ferrari arrive à l'arrêt du 4×4.

SWINSON : Où on en est ?

MAGGIE : C'est pire.

SWINSON : Pire ?

MAGGIE : Au début, ça s'arrangeait — j'ai tiré les vers du nez à Cecilia —, puis c'est devenu de pire en pire — les kidnappers ont téléphoné.

STEVE : Les kidnappers ?

SWINSON : Drôlement fortiches. Ils ont dû en engager des nouveaux. Combien ?

MAGGIE : Cinq cent mille...

STEVE : Pesos ?

MAGGIE : U.S. dollars. Don Victoriano est au téléphone en ce moment ; il essaie de réunir l'argent — Dieu sait que ça va le mettre sur le sable —, mais le pire, c'est qu'ils veulent que ce soit vous, Steve, qui portiez la rançon.

STEVE : Moi ? Pourquoi moi ?

MAGGIE : Ils n'ont pas dit.

SWINSON : Drôlement fortiches, ces salopards.

Intérieur. Le bureau.

Don V. se tient devant un coffre-fort ouvert, que masquait un tableau de Vélasquez représentant un nain, écarté comme le panneau d'une porte entrebâillée. Il sort des liasses de billets du coffre et les enfourne dans une serviette en cuir repoussé. Le téléphone sonne. Il fait un signe de tête à Maggie et elle décroche, discute à mi-voix en espagnol. Dans un coin obscur se terre Cecilia en larmes, le visage rougi. Steve et Swinson attendent, ne sachant quoi faire, à la porte du bureau. Lorsque Don V. a fini d'emballer l'argent, il se tourne, face à la pièce.

STEVE : Don Victoriano, je vous prie de me pardonner.

DON V. : Un homme ivre est sans défense devant les ruses d'un renard. Je ne peux pas vous pardonner... de ce que vous n'avez pas fait. Et je ne peux pas vous demander de faire ça. Il y a des dettes qu'on ne peut rembourser...

STEVE : Il n'y a pas de dette ; vous servir serait un honneur.

DON V. : Merci, *mi hijo.*

MAGGIE : Le reste de l'argent est en route. Il devrait être ici dans deux heures.

SWINSON : Maintenant vient le plus dur ; l'attente...

Extérieur. Patio. Lumière du jour.

Steve, Maggie, Swinson et Don V. sont assis au bout d'une table tandis que Cecilia, à la place des domestiques habituels, sert le déjeuner. Tous affichent des sourires figés.

MAGGIE *(en espagnol)* : Si tu cesses de sourire, petite, je te gifle à te mettre la tête à l'envers.

STEVE : Elle parle anglais, vous savez.

MAGGIE : Peu m'importe ce qu'elle parle pourvu qu'elle sourie.

SWINSON : Du calme, soldats. Conduisons-nous normalement.

STEVE : Je ne me rappelle même plus ce que cela veut dire.

Extérieur. Patio. Lumière du jour.

On entend le bruit d'un hélicoptère qui approche. Steve se lève brusquement.

SWINSON : Hé, doucement...
MAGGIE : Asseyez-vous.
STEVE : Bien, madame.

Un jeune homme habillé comme un employé de banque arrive sur les talons de Cecilia sortant de la maison. Don V. salue le banquier avec un grand rire et un *abrazo*.

Extérieur. Piscine. Lumière du jour.

Maggie et Steve assis à une table, ruisselant encore après leur bain, font tournoyer dans leur verre des boissons fraîches.

MAGGIE : Vous croyez savoir dans quoi vous vous êtes fourré ?

STEVE : Maggie, après avoir posé pour la première fois un jet sur un porte-avions par une mer déchaînée, il n'y a plus grand-chose qui puisse vous faire peur.

MAGGIE : Vous aimiez voler ?

STEVE : J'adorais.

MAGGIE : Pourquoi avez-vous laissé tomber ?

STEVE : J'en ai eu marre d'attendre une autre guerre.

MAGGIE : C'est drôle.

STEVE : Quoi donc ?

MAGGIE : Swinson a plaqué l'armée et est entré dans la police pour les mêmes raisons.

On entend le bruit de l'hélicoptère qui repart.

STEVE : L'attente...

MAGGIE : Voilà la ferme qui s'envole. Quel que soit le perdant, les banquiers gagnent toujours.

STEVE : J'aurais peut-être dû être banquier.

MAGGIE : Je hais les banquiers.

STEVE : Peut-être pas alors.

Intérieur. Le bureau.

Maggie et Steve, toujours en maillot de bain, mais secs maintenant, se tiennent devant Don V. à sa table de travail. Il a les mains posées, inertes, sur la serviette en cuir. Swinson examine un feuillet de papier. Des formulaires sont éparpillés sur la table.

SWINSON : Ah, ils sont fortiches, ces mecs. Tu es paré pour les coups tordus, El Trampas ?

STEVE : Les coups tordus ?

SWINSON : Ils sont vraiment fortiches. Tes instructions ont été transmises par le banquier. Les deux premiers mecs qui ont essayé étaient des clowns. Ceux-là ils connaissent la musique. *(Il remet le feuillet à Steve.)* Pas mal de route à faire, et en conduisant vite.

STEVE : Excellentes directives.

SWINSON *(lui tend un PPK/S)* : Suis-les.

STEVE : Sans arme, c'est précisé.

SWINSON : Il y a beaucoup de bandits dans ces collines.

STEVE : Merci.

DON V. *(il lui tend la serviette)* : *Buena suerte, mi hijo.*

Extérieur. L'allée. Lumière du jour.

Maggie se penche à l'intérieur de la Ferrari.

MAGGIE : Soyez prudent.

STEVE : Continuez à sourire !

Steve démarre.

Intérieur. Bordel.

Dans le bar obscur et enfumé, Steve se tient au comptoir, la serviette en cuir à la main, parlant à la putain n° 1. La musique est trop bruyante pour qu'on perçoive la conversation. Après que l'argent a changé de main, Steve et la putain n° 1 franchissent un rideau de perles, longent un couloir et pénètrent dans une pièce. La caméra s'attarde sur le rideau qui oscille, puis se fixe sur un homme, le vaquero n° 2, l'air nerveux dans son complet, en train de s'installer à une table près de la porte. Steve franchit de nouveau le rideau de perles avant même qu'il se soit immobilisé, un feuillet de papier à la main.

Extérieur. La grand-route. De nuit.

La Ferrari file à travers un village plongé dans l'obscurité.

Extérieur. La grand-route. De nuit.

La Ferrari négocie un virage sur une route de montagne, dont le bas-côté semble plonger dans une obscurité insondable.

Extérieur. Restaurant de routiers. De nuit.

Dans le parking, un conducteur est accoté à la cabine de son semi-remorque. Steve freine pour se garer à sa hauteur. Steve montre la serviette, puis lui et le chauffeur grimpent dans la cabine. Un pick-up traînant un van traverse entre la caméra et le camion. Dans l'ombre à côté de la croupe du cheval, on distingue Swinson, une radio portative à la main. Steve saute à bas de la cabine, tenant un autre papier à la main, puis remonte dans sa voiture et démarre dans une gerbe de poussière et de graviers.

Extérieur. Une rue dans une ville. Lumière du jour.

Coincé dans les embouteillages du matin, Steve klaxonne à tout va.

Intérieur. Aéroport.

Steve remplissant un formulaire à un comptoir de location de voitures.

Extérieur. Une ville dans le désert. Lumière du jour.

Steve gare la voiture de location à côté d'une église délabrée.

Intérieur. Église.

Steve esquisse maladroitement une génuflexion, la serviette à la main, puis se glisse dans la file qui attend devant le confessionnal, une vieille femme voûtée devant lui, une jeune en *rebozo* derrière lui.

STEVE *(en espagnol)* : Pardonnez-moi, mon père, parce que j'ai péché...

MIGUELITO : Ça, c'est bien vrai, boss. D'abord, vous avez prétendu ne pas parler espagnol, ensuite vous avez commis l'erreur de vous mêler de mes affaires, puis celle de croire que vous connaissez quelque chose au Mexique...

STEVE : Sacré nom de Dieu !

MIGUELITO : Du calme, patron...

STEVE : Espèce de salopard...

MIGUELITO : La ferme ! Dommage que vous n'ayez pas pu écouter la confession de la femme juste avant vous. Elle a eu treize enfants ; neuf sont morts ; elle pense qu'elle a dû commettre un terrible péché pour être aussi maudite. Être pauvre n'est pas un péché ; être pauvre, c'est le signe de la faillite du système social. Il est temps d'en changer...

(Il ouvre le panneau coulissant.) Maintenant, passez-moi la serviette et bouclez-la.

Steve obtempère, puis sort le Walther de sa botte.

STEVE : Garde les mains là où je peux les voir, Mike...

MIGUELITO : Quoi ?

Steve cogne avec son pistolet la paroi du confessionnal.

STEVE : Tu bouges, tu es mort.

MIGUELITO : Vous êtes fou, non ? Bon Dieu. Vous me tuez et Evangelina est morte avant même que vous touchiez le sol.

STEVE : Je t'ai vu, elle est morte, tu es mort, je suis mort...

MIGUELITO : Non, non. Ça n'est pas comme ça du tout. Non. Peu importe que vous sachiez. Vous ne pouvez rien dire ; c'est vous qui m'avez amené ici ; cela met Don Victoriano à votre merci. C'est vous qu'on tiendra pour responsable, quoi qu'il arrive. Et une fois l'affaire conclue, je m'envole pour l'Amérique centrale, donc ça n'a aucune importance. D'accord ?

STEVE : Comment je peux savoir si elle est vivante ?

MIGUELITO : Me faire confiance ? Je ne pensais pas. Bon, d'acccord, on va changer la planque. *(Il rend la serviette.)* Il y a une station Pemex au nord de Saltillo. Trouvez-vous dans la cabine téléphonique demain à midi. Je m'arrangerai pour qu'elle vous appelle. Rendez-vous alors aux toilettes. Il y aura une serviette similaire à la vôtre dans la première cabine. Faites l'échange, et on la relâchera. Je ne peux pas faire mieux. D'accord ?

STEVE : D'accord.

Intérieur. Église.

En sortant du confessionnal, Steve se cogne à la jeune femme qui attend. Elle tourne la tête pour le voir s'éloigner et on reconnaît Heriberto.

Extérieur. Ville dans le désert. Lumière du jour.

Steve pousse la voiture de location au maximum dans les rues cahoteuses, tapant sur le volant comme pour aller plus vite.

Extérieur. Parking de l'aéroport. Lumière du jour.

Steve, appuyé à la Ferrari, étudie une carte à la lumière de cette fin d'après-midi. Puis il saute dans sa voiture et démarre en trombe. À la sortie, une poignée de pesos jaillit par la fenêtre du conducteur.

Extérieur. Grand-route de nuit.

La Ferrari négocie dans l'autre sens le tournant dans la montagne.

Extérieur. Station Pemex. Lumière du jour.

Steve, la serviette à la main, se tient à l'intérieur de la cabine téléphonique. Il décroche à la première sonnerie.

EVANGELINA *(hors champ)* : Steve ? Vous êtes là ?

STEVE : Je suis là. Comment ça va ?

EVANGELINA *(hors champ)* : Je suis sale, endolorie et j'ai peur. À part ça, je vais bien. Vous avez l'argent ?

STEVE : J'ai l'argent. Avez-vous vu leurs visages ?

EVANGELINA *(hors champ)* : Non. Ils portent tous des lunettes et des fausses barbes.

STEVE : Vous pensez qu'ils vous laisseront partir ?

EVANGELINA *(hors champ)* : Ils ont dit que oui. Ne raccrochez pas, allez aux toilettes, et puis revenez dans la cabine après l'échange des serviettes. D'accord ? Et faites vite, je vous en prie, je vous en supplie.

STEVE : J'y vais.

Steve se hâte en direction des toilettes, les jambes flageolantes de fatigue, mais il continue à avancer. Il ne reste qu'une seconde dans les toilettes, puis retraverse en courant, l'autre serviette lui battant la hanche. Il reprend le téléphone.

STEVE : Evangelina ?

MIGUELITO *(hors champ)* : Alors, patron, ça vous a plu, cette petite conversation ?

STEVE : Arrête de déconner, bordel, Mike, et dis-moi où je peux prendre Evangelina.

MIGUELITO *(hors champ)* : Rien que ça, hein ? Formidable. Vous pouvez l'avoir, cette garce, d'accord, mais il y a une chose que vous devez faire d'abord.

STEVE : Quoi donc ?

MIGUELITO : Baiser mon cul mexicain, gringo... Bye-bye...

On entend le déclic du téléphone qu'on raccroche hors champ et Steve fait volte-face et court de nouveau jusqu'aux toilettes. Au moment où il atteint la porte, un homme d'affaires mexicain obèse en costume trois pièces tenant à la main un porte-documents plat sort de l'édicule. Steve le plaque contre le mur d'un coup d'épaule, lui fourre son Walther sous le nez d'une main et de l'autre secoue le porte-documents pour le vider de son contenu, éparpillant par terre un numéro de *Playboy*, un de *Hustler* et une liasse de photos pornographiques. Steve, d'une démarche pesante, regagne sa voiture pendant que l'homme d'affaires se ressaisit et lance des injures dans son dos. Steve, dans sa Ferrari, reste un moment affaissé sur le siège, puis se redresse au moment où on entend, doucement, le ronflement du rotor d'un hélicoptère. Il lève alors la tête.

Extérieur. Soleil. Point de vue. Steve.

Le ciel est incandescent de lumière et de chaleur.

Extérieur. L'allée. De nuit.

La Ferrari est garée de travers et Steve est affaissé sur le volant. Maggie sort de la maison en courant et le secoue.

MAGGIE : Depêchez-vous. Ils vous demandent au téléphone.
STEVE : Moi ? Qui ?
MAGGIE : Les kidnappers.
STEVE : Merde.

Intérieur. Le bureau.

Maggie derrière la table de travail tend le téléphone à Steve. Don V. regarde le tableau du nain de Vélasquez comme s'il pouvait voir le coffre-fort vide derrière.

MAGGIE : Tenez... Vite...
STEVE : Allô.
MIGUELITO *(hors champ)* : Restez cool, boss. Ne prononcez pas mon nom. Ce sera notre petit secret.
STEVE : Je comprends.
MIGUELITO *(hors champ)* : Alors, voilà comment ça va se passer. Nous voulons un autre versement... la même somme fera l'affaire...
STEVE : Mais...

MIGUELITO : ...Ça va briser le vieux, d'accord ? Eh bien, boss, vous serez là pour recoller les morceaux. Vous êtes son chemin le plus rapide vers du liquide. Dites merci, boss.

STEVE : Merci. Passez-moi Evangelina.

MIGUELITO : Hé, mec, vous voulez parler à cette garce. ? D'accord. Quittez pas.

Dans le silence qui s'ensuit, Don V. et Maggie ne regardent pas Steve. Sans préalable, un cri si aigu que Steve écarte le récepteur de son oreille, un cri qu'on entend dans toute la pièce. Don V. et Maggie se dirigent vers Steve, mais le cri s'interrompt brusquement, suivi par un autre silence.

MIGUELITO *(hors champ)* : ... ça suffit comme ça ?

STEVE : Parfait.

MIGUELITO *(hors champ)* : Je vous rappellerai à la même cabine téléphonique de Saltillo dans quarante-huit heures...

STEVE : Le délai est trop court...

MIGUELITO *(hors champ)* : C'est tout ce que vous aurez, gringo. Salut...

Clic. Et Steve se retourne vers Don V. et Maggie.

MAGGIE : Donnez-nous simplement les mauvaises nouvelles. Sans mettre la pédale douce.

STEVE : Ils veulent davantage d'argent, encore cinq cent mille. Je dois avoir à peu près la moitié de ça à la banque à Culican et je peux obtenir le reste pour après-demain.

DON V. : Non.

MAGGIE : Quoi ?

STEVE : Quoi ?

DON V. : Non. Nous en discuterons une autre fois. Maintenant nous allons manger et boire, peut-être faire un tour au clair de lune pour faciliter la digestion...

STEVE : Mais Evangelina...

DON V. : *Silencio !*

Tandis que Don V. sort du bureau, Maggie et Steve le suivent comme des petits chiens.

Extérieur. Patio de nuit.

Dîner vu à travers une série d'angles et de fondus, la conversation couverte par le son d'une musique *mariachi*. Don V. préside en bout de table, son sabre et son revolver posés de part et d'autre de son assiette. Il boit énormément, forçant Maggie et Steve à en faire autant. De temps à autre, Don V. tire avec son .44 Magnum en direction de la lune pleine aux trois quarts ou massacre à coups de sabre un cactus déjà mal en point.

Extérieur. Patio de nuit.

DON V. *(en espagnol)* : Guitariste, brandis ton arme en l'air — tout de suite.

L’orchestre cesse de jouer, le guitariste lève lentement son instrument au-dessus de sa tête tandis que les autres musiciens s’éclipsent discrètement. Don V. lève son revolver et tire, coupe en deux le manche de la guitare, et le musicien demeure parfaitement immobile tandis que les morceaux de la guitare lui tombent sur la tête.

DON V. : *Cobardes ! Juanito ! Donde esta mi cabbalos ?* Gringo, gringa, venez, en selle !

MAGGIE : Je crois que j’ai eu mon content de distractions pour une nuit.

STEVE : Je suis désolé, Don Victoriano, mais je n’ai pas dormi depuis...

DON V. : Ne faites pas insulte à mon hospitalité, mon ami.

Tout le monde se lève de table et s’éloigne, vacillant, dans l’obscurité.

Extérieur. Le vignoble de nuit.

Sous le clair de lune, Don V. chevauche comme un Turc pris de boisson, son sabre dans une main, son pistolet dans l’autre, et ses coups de feu résonnent dans la nuit tandis qu’il chante *Adelita* légèrement faux. Maggie et Steve, suivent, tels des enfants résignés. Brusquement, une silhouette en sombrero et poncho surgit des rangées de vignes.

SWINSON : *Patron.*

DON V. : *Si, mi amigo.*

SWINSON : *Miguelito.*

DON V. : Le fils de pute !

Extérieur. Vignoble. Plan moyen. De nuit.

Swinson, Steve, Maggie et Don V. sont assis au bord d'un petit feu de bois en bordure des vignes, les chevaux attachés à l'arrière-plan.

SWINSON : ... et ensuite ce soir ils l'ont emmenée à la maison près de l'enclos du bétail. Ils ont dit à Elias qu'on l'avait mise là pour assurer sa protection, et à elle ils ont dit qu'ils tueraient Elias et sa famille si elle disait quoi que ce soit.

STEVE : Elle a vu leurs visages alors ?

SWINSON : Exact.

MAGGIE : Merde.

DON V. : Combien ?

SWINSON : Quinze. Quatre armes automatiques seulement, trois types en plus de Miguelito et qui ont l'air de savoir ce qu'ils font...

STEVE : Vous êtes dingues, non ? Vous n'allez pas payer...

SWINSON : Il ne peut pas.

STEVE : Moi je peux. L'argent est à la banque à Culican, je peux l'avoir demain.

SWINSON : Désolé de devoir te le dire, fiston, mais cela dépasse déjà le problème de l'argent...

STEVE : Et la police alors ?

DON V. : Cela ne vous concerne en rien.

STEVE : Eh bien, bon Dieu, Don Victoriano, avec votre permission, je m'en mêlerai quand même. Combien de types valables avons-nous ?

SWINSON : Nous trois et Heriberto.

MAGGIE : Et moi.

STEVE : Et le bébé ?

DON V. : Non.

MAGGIE *(elle se lève)* : Il n'y a pas de bébé. Vous voulez voir le sang, messieurs ?

DON V. : Non.

MAGGIE : Ta mère n'est-elle pas morte un Mauser à la main ? Suis-je une quelconque pute gringa qui ne mérite pas la même mort que ta mère ? C'est ça que je suis ?

DON V. : Ne mêle pas ma mère à ces eaux boueuses, femme.

MAGGIE : Il faudra m'attacher pour m'empêcher de venir.

Don V. se lève, se dirige vers son cheval, prend une bouteille de tequila dans la sacoche de sa selle. Il revient lentement, boit, puis tend la bouteille à Maggie.

DON V. : Et puis quoi... Une gringa de plus ou de moins ne changera pas la face du monde.

STEVE : J'ai une meilleure idée — kidnappons la mère de Miguelito et procédons à un échange.

SWINSON : Elle est dans leur camp. Il semble qu'elle nourrisse de vieux griefs à l'égard de Don Victoriano.

DON V. : J'ai peut-être trop attendu pour lui trouver un mari.

MAGGIE : Pour moi aussi.

DON V. : Ah, gringa, qui voudrait conduire à l'autel une femme aussi maigrichonne ?

Ils rient, et font circuler la tequila, le feu projetant des lueurs dansantes sur leurs visages.

STEVE : À quoi dois-je porter un toast ? La mort plutôt que le déshonneur ?

SWINSON : Quelque chose dans ce goût-là. Sommes-nous prêts ?

DON V. : Une dernière tequila. Il m'a semblé en la buvant y sentir les feux de cèdre de la sierra.

MAGGIE : Vive la révolution.

STEVE : Pourquoi pas ?

SWINSON : Alors, voilà comment on va s'y prendre...

Extérieur. Cantine. Lumière du jour.

Les mêmes que dans les scènes précédentes. Steve est appuyé au camion à ridelles de la scène du début, réparé, dont les lattes neuves sautent aux yeux. Un autre camion est garé à proximité ; tous deux sont surchargés de fourrage. Steve a sa .22 long rifle entre les mains, un M-16 à côté de lui, et le Walther dans un baudrier d'épaule. Swinson est armé d'une mitraillette et d'un pistolet automatique de service .45. Maggie tient un fusil anti-émeute au creux des bras. Au-delà du camion, deux Bronco sont garés, remplis d'hommes avec toutes sortes d'armes.

SWINSON : ... et tu devrais voir la cour par-dessus le mur. Quand tu lèveras la .22, je donnerai un coup de klaxon, et tu descends le gars qui est avec Angelina — il faut que ce soit un coup parfait, que tu le tues du premier coup, dans l'œil, la tempe ou, mieux encore, le bulbe rachidien... Un coup, peut-être deux, tu as pas droit à plus...

STEVE : Je sais, bon Dieu, je sais...

SWINSON : Du calme, petit, pense à ce coup de feu, un autre pigeon simplement mais plus facile, d'accord ?

STEVE : D'accord.

SWINSON : Ensuite j'enfonce la grille de derrière pour entrer dans la cour et j'essaye de placer le camion entre Evangelia et la maison, et tu passes par-dessus le mur avec le M-16 pour me couvrir pendant que j'embarque Evangelina, et alors...

Don V., qui a l'air du parfait bandit mexicain, au pire ou au meilleur sens du terme, contourne l'angle du camion.

DON V. : Alors beaucoup de mères vont pleurer ce soir.

STEVE : Et maintenant...

SWINSON : Et maintenant on attend le signal de Heriberto...

Extérieur. Désert. Point de vue. Steve. Lumière du jour.

À quelque distance, on aperçoit Heriberto et un cheval juste sur la crête d'une petite colline.

Extérieur. Cantine. Lumière du jour.

SWINSON : Et Maggie, vous restez sur le camion pour couvrir les arrières de Steve...

MAGGIE : Vous êtes sûr que Elias et les enfants seront aux enclos ?

SWINSON : À peu près, et de toute façon, c'est le mieux qu'on puisse faire...

Extérieur. Cantine. Plans multiples. Lumière du jour.

La journée s'avance, c'est l'après-midi, la lumière change, musique douce.

Extérieur. Désert. Lumière du jour.

Brusque éclat lumineux transmis par un miroir depuis la colline où se tient Heriberto.

Extérieur. Cantine. Lumière du jour.

SWINSON : Allons-y...

Steve et Maggie se hissent dans un espace libre

derrière le fourrage, dans l'angle où les planches neuves luisent, et Swinson et Don V. montent dans la cabine de l'autre camion. Les camions à ridelles sortent en grinçant du parking pour gagner la grand-route suivis par le Bronco à une distance respectueuse.

Intérieur. Cabine du camion. Lumière du jour.

DON V. : « I did never see such pitiful rascals[1]. »

SWINSON : « Tut, tut, good enough to toss, food for powder, food for powder. They'll fill a pit as well as better men[2]. »

Ils rient.

DON V. : Tu te rappelles la première fois où tu as vu la lumière ?

SWINSON : Bien sûr, *jefe*. Je suis passé à votre maison à Tucson — certains de vos voisins, merde, tous vos voisins avaient téléphoné pour se plaindre d'un bruit infernal, de femmes nues — deux orchestres mariachi et trop d'étudiantes... Où les aviez-vous trouvées ?

1. Je n'ai jamais vu si pitoyable racaille.
Shakespeare, *Henry IV*, acte IV, scène II.

2. Boh, boh, ils sont bien assez bons pour la pointe d'une pique ; c'est de la chair à canon, de la chair à canon. Pour remplir une fosse, ils feront aussi bien que de meilleurs.
Shakespeare, *Henry IV*, acte IV, scène II.

DON V. : Je ne me rappelle plus exactement — une histoire d'argent et de tableaux —, je leur montrais peut-être mon Corot, peut-être mon Turner...

SWINSON : Peut-être votre carotte.

DON V. : Tu es revenu après ton service et nous sommes allés quelque part dans le désert.

SWINSON : Dans le *saguaro* à l'ouest de la ville, dans les collines, et cette fille, celle avec qui j'étais, elle s'est déshabillée et elle s'est dressée au sommet de ce rocher...

DON V. : Et je t'ai montré la lumière...

SWINSON : Et bien d'autres choses au long des années, *jefe*, bien des choses... Dites-moi, avez-vous jamais payé l'amende ?

DON V. : Non, bien sûr.

SWINSON : Alors vous ne pouvez pas retourner à Tucson, *viejo*.

DON V. : Toi non plus, amigo.

Ils rient.

SWINSON : Je me demande ce que sont devenues ces deux filles. Elles ont épousé des médecins, eu des bébés ? Je me demande si elles se sont parfois rappelé cette matinée...

DON V. : Si elles se souviennent... de la lumière.

Extérieur. Désert. Lumière du jour.

Le paysage frémit sous la douce lumière rose.

DON V. *(hors champ)* : Maggie, je crois qu'elle a menti au sujet du bébé...

SWINSON *(hors champ)* : J'ai dit à El Trampas de veiller sur elle... Il le fera...

DON V. *(hors champ)* : El Trampas. Il n'est pas mal pour un gringo...

SWINSON *(hors champ)* : ... pour un gringo...

Extérieur. Plate-forme du camion. Lumière du jour.

Maggie et Steve accroupis au creux du fourrage.

MAGGIE : Vous avez peur ?

STEVE : Seulement de louper mon coup.

MAGGIE : Ne le loupez pas.

Extérieur. Grand-route. Lumière du jour.

Alors que les deux camions à ridelles quittent la grand-route pour franchir la grille, les deux Bronco s'immobilisent à la grille, et les camions continuent sur le chemin de terre en direction des enclos à bétail et de la maison.

Extérieur. Maison. Lumière du jour.

Le premier camion quitte le chemin pour venir contre le mur en pisé qui entoure la cour, cahotant brutalement à coups de frein sur les bosses. *(Insert d'un plan des planches neuves s'incurvant sous le poids de la cargaison.)* Steve se lève, vacillant au rythme de la cargaison.

Extérieur. La cour. Point de vue. Steve. Lumière du jour.

Evangelina est assise sur le rebord d'une fontaine tarie, le bandit n° 8 tout près derrière elle.

Steve lève la .22, nous entendons le klaxon du camion qui suit, mais au moment où il presse la détente, toute la cargaison glisse en avant lorsque les planches neuves cèdent sous la pression.

Extérieur. Cour. Point de vue. Steve.

Bien que le bruit de la détonation soit couvert par le coup de klaxon, on voit le projectile manquer le bandit n° 8 et faire jaillir des petits nuages de poussière sur la fontaine. Le bandit pivote sur lui-même, un pistolet automatique à la main, et Steve lui expédie trois balles en plein visage, mais le bandit a quand même eu le temps de tirer, la détonation est clairement audible malgré le tintamarre du klaxon. Miguelito apparaît à une fenêtre, une tortilla roulée dans une main, une Uzi dans l'autre.

STEVE *(hors champ)* : Evangelina ! Couchez-vous !

Mais elle se lève, se tourne vers Steve et Miguelito lui vide le chargeur de son Uzi dans le dos. On dirait qu'une grenade a explosé dans son corps et la séquence s'achève du point de vue de Steve dans la confusion, la poussière et le désordre.

Extérieur. Camion. Point de vue de Swinson.

Steve tire, hurle, tombe par-dessus le fourrage répandu.

SWINSON *(hors champ)* : *Adios, jefe.*

Intérieur. Deuxième camion.

DON V. : *Adios, amigo.*

Extérieur. Deuxième camion.

Comme il enfonce la grille métallique pour entrer dans la cour et venir s'arrêter près de la fontaine, Swinson et Don V. jaillissent par la porte du conducteur à côté du corps d'Evangelina. Don V. effleure son cadavre qui tressaille au-delà de la mort et Swinson expédie une rafale du Thompson dans le visage du bandit.

Extérieur. Premier camion.

Maggie et Steve escaladent précipitamment les sacs renversés pour remonter vers l'avant de la cargaison.

Extérieur. Point de vue. Steve et Maggie.

À l'arrière-plan, on voit Elias et les enfants dans les enclos, sa femme un bébé dans les bras court éperdument vers eux, des projectiles font jaillir de la poussière sous ses pas, tandis que Heriberto arrive à cheval et tire des coups de pistolet sur la maison, essayant de couvrir la femme et le bébé. Son cheval est touché, et quand la poussière retombe, il est derrière le cheval, tirant à tout va, et la femme tenant le bébé est accroupie derrière un abreuvoir avec Elias et les autres enfants.

Au premier plan, on voit Swinson et Don V. tirant à l'abri du camion, les bandits ripostant depuis les fenêtres de la maison.

Le panoramique de la caméra nous montre les deux Bronco fonçant vers le lieu de la bataille. Une rafale d'arme automatique provenant de la maison pulvérise l'avant du premier. Il dérape de côté et comme il roule encore, le deuxième le percute. Quand la poussière retombe, il ne reste plus que deux hommes pour tirer depuis les débris des Bronco.

Extérieur. Premier camion.

STEVE : Tout a foiré, bordel. Monte dans la cabine, chérie, et tire-toi d'ici.

MAGGIE *(en larmes, souriante)* : Le sang des de la Cruz ne déroge pas.

STEVE : Sacré nom de Dieu ! Alors fais comme ça.

Steve tient le M-16 au-dessus de sa tête pointé vers la maison, et il lâche une brève giclée. Il lui prend le fusil des mains, lui tend un étui de chargeurs de M-16.

MAGGIE : Je ne sais pas comment le charger, donne-moi ce putain de fusil, fais ce que tu as à faire, fais-le, et dis-moi ce que je dois faire.

STEVE : Canarde ces putains de fenêtres, chérie, et fais gaffe.

Tandis que Maggie se redresse sur les genoux et tire cinq balles en succession rapide sur la maison, Steve saute à terre depuis la plate-forme du camion, attrape Jorge par le bras pour le faire descendre de la cabine et ils disparaissent au coin du mur en pisé tandis que Maggie recharge.

Extérieur. Point de vue. Maggie.

Le bandit n° 7 sort en boitillant par une fenêtre latérale et la décharge du fusil de Maggie le projette à travers la fragile palissade du poulailler. Il y a brusquement des poules partout.

Extérieur. Deuxième camion.

Swinson et Don V. sont accroupis derrière le muret de la fontaine, en train de recharger tandis que l'intensité de la fusillade redouble dans la maison.

SWINSON : Si j'étais eux, je nous chargerais maintenant.

DON V. : Si j'étais nous, je serais ailleurs.

SWINSON : *Ahora, viejo.*

DON V. : *Ahora.*

Swinson, agile pour son âge, roule sur lui-même

pour aller se mettre à l'abri derrière un muret en rocaille, et il fauche le bandit n° 2 aux genoux quand il surgit par la porte-fenêtre, mais Don V. progressant dans l'autre direction trop lentement, est touché à la hanche au moment où il braque son .44 Magnum sur le bandit n° 3 et le projette à travers la porte dans la maison.

Extérieur. Mur en pisé.

Comme Steve et Jorge tournent au coin de la maison au pas de charge, ils se heurtent de plein fouet aux bandits n° 4 et n° 5 ; Steve et le bandit n° 5 réussissent à empoigner mutuellement leurs armes — le M-16 et la mitraillette —, mais quand Jorge se cogne au bandit n° 4, un coup de son revolver .45 armé part contre le visage du bandit, le manque mais met le feu à ses cheveux. Jorge vient à bout à la fois du feu et du bandit n° 4 avec le canon de son arme. Steve et le bandit n° 5 luttent sur place, dans une impasse, jusqu'au moment où Steve tire une giclée de son M-16 et le bandit, la main brûlée par le canon, le lâche précipitamment. Steve en profite pour transformer son pied gauche en une bouillie sanglante. Le bandit n° 5 tombe, jette sa mitraillette, empoigne son pied.

BANDIT n° 5 : *Ayudame...*
STEVE : C'est trop tard pour ça...

On entend une rafale de tir...

Extérieur. La cour. Lumière du jour.

Heriberto est tapi derrière le cadavre de son cheval sur lequel s'écrasent les balles.

> HERIBERTO : Il reste des copains dans le coin ? J'ai bien besoin d'un coup de main...

Extérieur. Façade de la maison. Angle de prise de vue.

Le bandit n° 9 jaillit de la porte d'entrée de la maison et se glisse derrière le pick-up d'Elias. Heriberto s'agenouille derrière le cheval, tenant à deux mains son pistolet, et tire calmement deux balles dans la cuisse du bandit, visible sous le pick-up. Une balle tirée depuis la maison fracasse le coude de Heriberto, puis dérape vers sa poitrine. Il s'affaisse derrière le cheval.

> HERIBERTO : Le seul bon pédé est un pédé mort, mais je ne suis pas encore mort...

Extérieur. Mur.

> STEVE *(à Jorge)* : Comprende ?
> JORGE *(armé d'une mitraillette)* : *Si, jefe.*
> STEVE : Pourquoi pas ?

Jorge se lève, pointe la mitraillette à l'angle de la maison et tire une longue rafale par la grille latérale en bois, tandis que Steve, accroupi, court sous les balles en hurlant « COUVRE-MOI » et se rue sur la grille.

Extérieur. La cour.

Swinson et Don V. s'exposent à la fusillade. Swinson encaisse une balle dans le gras du muscle entre le cou et l'épaule. Don V. est de nouveau blessé à la même hanche.

Extérieur. La cour.

Heriberto passe son bras valide par-dessus le cadavre du cheval et tire.

Extérieur. Premier camion.

Maggie à genoux tire sans discontinuer sur les fenêtres, tandis que des nuages de poussière s'élèvent des sacs de fourrage sous elle.

Extérieur. Grille.

Comme Steve fonce au travers, il se trouve confronté au bandit n° 10 qui a son fusil à l'épaule. Steve fait un bon de côté.

Extérieur. Grille.

Jorge encaisse la décharge du fusil en pleine poitrine.

Extérieur. Porte latérale.

Le bandit n° 10 encaisse la décharge de la mitraillette dans la poitrine.

Extérieur. Le poulailler.

Steve crapahute parmi les planches brisées, les morceaux de grillage, les plumes, les poules, en tirant rafale sur rafale avec son M-16.

Extérieur. Point de vue. Maggie.

Tandis qu'elle contemple le désastre, le bandit n° 11 sort par la porte latérale et, d'une décharge, elle l'expédie dans les bras de Steve.

Extérieur. La cour.

SWINSON : Maintenant, *jefe* ?
DON V. : *Ayudame, amigo.*

Swinson se lève de derrière le muret de la rocaille et court à travers la cour pour rejoindre Don Victoriano. Il reçoit une pleine décharge dans les côtes et arrive roulé en boule près de Don V. derrière un banc de pierre. Tandis qu'il recharge la Thompson, Don V. en fait autant avec son revolver et dégaine son sabre.

DON V. : Ah, vieil ami. Merci d'être venu. Ces salauds m'atteignent toujours au même endroit.

SWINSON : Ils nous atteignent tous au même endroit... Le Mexique.

Extérieur. Le poulailler.

Steve s'extirpe des cadavres de poulets et d'hommes.

STEVE : Qu'est-ce que vous fabriquez, vieux schnoques ?

SWINSON *(hors champ)* : On s'apprête à mettre un peu d'ordre...

DON V. *(hors champ)* : Miguelito ! Je prie le

ciel que tu sois toujours vivant pour que je puisse te voir mourir.

Extérieur. Le banc.

SWINSON : *Listo ?*
DON V. : *Listo.*
SWINSON : El Trampas ? *Listo ?*

Extérieur. Le poulailler.

STEVE : Allez-y.

Extérieur. Le banc.

DON V. : *Mi amor ?*

Extérieur. Camion.

MAGGIE : *Mi amor.*

Extérieur. La cour. Angle de point de vue. Maggie.

Tandis que les deux hommes se redressent péniblement, Swinson la Thompson à la main gauche, son bras droit soutenant Don V., Steve tire une longue rafale sur la porte latérale, puis s'aplatit contre le mur juste à côté.

Intérieur. La cuisine.

Les bandits n° 12 et 13, accroupis au fond de la pièce, regardent la volée de balles tirées par Steve démolir les étagères, l'évier, le poêle, puis crépiter contre le réservoir de propane, et la pièce disparaît dans une boule de feu.

Extérieur. Point de vue. Maggie.

Des flammes ronflantes jaillissent par les fenêtres de la cuisine et le reste de la maison s'emplit de fumée, les bandits n° 14 et 15 se ruent hors de la maison et échangent des coups de feu avec Swinson et Don V. Les bandits s'écroulent mais pas sans avoir fait mouche. Swinson cncaisse une salve dans la poitrine, Don V. une autre dans la même hanche.

Extérieur. Porte-fenêtre.

Swinson et Don V. sont tassés contre le mur à côté de la porte, le souffle précipité, souffrant visiblement.

SWINSON : Qu'est-ce qu'il reste, comme copains ?

DON V. : Dieu merci, je suis robuste, mon vieil ami, sinon je ne pourrais pas marcher.

SWINSON : Vous êtes agréablement corpulent, comme moi, et nous ne pouvons marcher ni l'un ni l'autre.

Steve rampe jusqu'à eux, le visage noirci de suie, toussant.

DON V. : Bienvenue au Mexique, gringo.

SWINSON : Qu'est-ce qui s'est passé, bon Dieu ?

STEVE : Cette putain de cuisine a explosé.

SWINSON : Donne-nous un coup de main, petit, finissons-en.

Extérieur. La cour. Point de vue. Maggie.

Des nuages de fumée sortent de la maison silencieuse tandis qu'on voit Steve aider Swinson et Don V. à se mettre sur pied. Swinson se tient courbé, Don V. se sert de son sabre comme d'une canne, Steve glisse nerveusement un nouveau chargeur dans le M-16, puis tous trois disparaissent dans la fumée qui obscurcit la porte.

MAGGIE *(hors champ)* : Oh, mon Dieu non !

Extérieur. Camion.

Maggie se jette par-dessus le muret, se tord une cheville, puis boitille le plus vite qu'elle peut en direction de la maison.

Intérieur. Salle à manger.

Au milieu des meubles à demi consumés, Steve, Swinson et Don V. progressent comme des victimes plutôt que comme des vainqueurs. Dans un coin, une masse noircie par la fumée gémit, une arme tombe bruyamment sur le sol carrelé, mais Don V. tire rapidement deux salves de son Magnum .44 avant que les deux autres hommes aient pu bouger.

Intérieur. Living-room.

La pièce est moins enfumée ; Swinson et Don V. chancellent toujours comme des vieillards, mais Steve se conduit en soldat procédant au nettoyage d'une maison. On entend un bruit derrière une porte latérale. Steve enfonce la porte d'un coup de pied, plonge au sol, trouve un poulet roussi et affolé dans sa ligne de mire. Miguelito franchit l'autre porte latérale, à peu près dans le même état que le poulet, et abat Swinson d'un rafale de son Uzi. Don V. jette de côté son revolver et tombe en avant, les deux mains sur son sabre. Quand il reçoit une rafale de l'Uzi, son sabre tranche les deux avant-bras de Miguelito qui tombent à terre.

MIGUELITO : Il est temps d'en finir, boss. On a tous perdu, pas vrai ? Cette révolution est terminée, d'accord, et la prochaine a commencé. Alors finissons-en, hein ?

STEVE : D'accord.

Pour en finir, Steve prend le sabre des mains de Don V. Puis il s'agenouille auprès du vieil homme.

STEVE : Vous êtes toujours là, *patron* ?

DON V. : Joe ?

STEVE : De la viande froide.

DON V. : El Trampas ?

STEVE : Je suis toujours là.

DON V. : Vous pouvez toujours faire votre truc avec les pigeons ?

STEVE : Non.

DON V. : Parlez à Corot...

Comme Steve peine à soulever le cadavre, une silhouette en robe et châle noirs fait irruption par la porte latérale, brandissant un couteau, hurlant de désespoir. Elle est fauchée par une rafale.

Intérieur. Pas de la porte.

Maggie, un fusil à la main, se tient sur le pas de la porte.

MAGGIE : Venez, portez-le dehors à la lumière, s'il vous plaît.

Extérieur. La cour de devant. Lumière du jour.

À la lumière déclinante, Steve et Maggie pansent les plaies de Heriberto tandis que les deux gardes du corps survivants étendent les cadavres à l'arrière-plan et se chamaillent sur le décompte. Heriberto lève le bras pour frotter le ventre de Maggie.

HERIBERTO : Vous savez ce que je ferais si j'étais un Américain ?

STEVE : Quel genre ?

HERIBERTO : N'importe quel genre... Je monterais dans un de ces camions — un en état de marche — et je filerais vers la frontière — vous n'avez rien laissé ici qui n'y sera encore quand vous voudrez revenir...

MAGGIE : Revenir ?

HERIBERTO : Je vous dirai quand vous pourrez revenir — mais pour le moment, allez-vous-en, filez avant que je me mette à pleurer —, il n'y a rien de pire qu'un pédé en larmes...

STEVE : Sinon un Mexicain en larmes...

Extérieur. La grand-route.

Le camion à ridelles brinqueballe sur la chaussée à travers le désert mexicain, la lumière décroît tandis que la musique s'enfle, et des sacs de fourrage rebondissent et glissent à travers les planches défoncées, laissant une traînée comme des miettes de pain démesurées.

DU MÊME AUTEUR

Aux Éditions Gallimard

UN POUR MARQUER LA CADENCE, La Noire, 1992
Folio nº 2909
LE CANARD SIFFLEUR MEXICAIN, La Noire, 1994
Folio nº 3040
LES SERPENTS DE LA FRONTIERE, La Noire, 1997
LA DANSE DE L'OURS, Série Noire nº 2361
LE BANDIT MEXICAIN ET LE COCHON, Série Noire nº 2544

Chez d'autres éditeurs

LE CHIEN IVRE, Fayard, 1980
Réédition 10/18 sous le titre LE DERNIER BAISER, 1986
CAIRN, Encrage, 1989
PUTES, Rivages, 1990
FAUSSE PISTE, 10/18, 1990

Composition Nord Compo.
Reproduit et achevé d'imprimer sur Roto-Page
par l'Imprimerie Floch à Mayenne
le 2 mai 2001.
Dépôt légal : mai 2001.
Numéro d'imprimeur : 51449.

ISBN 2-07-049975-8 / Imprimé en France.

98178